Angelica Netz
Schuld ohne Sühne

W0371658

Im Laufe ihrer langjährigen Tätigkeit im öffentlich-rechtlichen Hörfunk hat **Angelica Netz** aus vielen Ländern dieser Welt berichtet. Nun hat sie hier in der Heimat einen erschütternden Stoff gefunden. Im Nachlass ihres Vaters entdeckte sie eine Todesanzeige aus dem Jahr 1946. Die realen Burgerhausmorde zu Kriegsende hat sie nach akribischer Recherche in eine aufwühlende Kriminalgeschichte gepackt.

ANGELICA NETZ

Schuld ohne Sühne

Kriminalroman

KBV

MIX
Papier | Fördert gute Waldnutzung
FSC® C083411

Originalausgabe
© 2024 KBV Verlags- und Mediengesellschaft mbH, Hillesheim
www.kbv-verlag.de
E-Mail: info@kbv-verlag.de
Telefon: 0 65 93 - 998 96-0
Umschlaggestaltung: Ralf Kramp
Lektorat: Nicola Härms, Rheinbach
Druck: CPI books, Ebner & Spiegel GmbH, Ulm
Printed in Germany
ISBN 978-3-95441-681-3

Für Dille

✝

Aus der Fastenzeit dieser Welt voll Bangen und Schrecken rief Gott der Herr unsere lieben Angehörigen und Hausgenossen plötzlich zu sich in das ewige Ostern der Liebe und des Friedens.

Es starben als Opfer eines furchtbaren Verbrechens am 1. April 1946:

unsere liebe Mutter, Schwiegermutter und Großmutter

Elisabeth Windheuser geb. Arzdorf

im Alter von 75 Jahren,

mein innigstgeliebter Mann, unser guter Vater, unser treubesorgter Bruder, mein lieber Schwiegersohn

Walter Windheuser

im Alter von fast 40 Jahren,

mein lieber Mann, unser guter Vater und Großvater

Wilhelm Hoffmann

im Alter von 75 Jahren,

unsere gute Tante

Katharina Killen geb. Arzdorf

70 Jahre alt,

sowie unsere treuen, fleißigen Hausgenossen, der Melker

Willi Schoof

52 Jahre alt

und der Arbeiter

Max Rützen

34 Jahre alt.

In tiefem Leid:

Frau Elli Windheuser, geb. Hoffmann und Kinder
Geschwister Windheuser,
Frau Amalie Hoffmann, geb. Korn und Kinder

Andernach (Burgerhaus), den 4. April 1946.

Die Beerdigung unserer lieben Toten findet statt am Sonntag, den 7. April 1946, 15 Uhr, vom Friedhof aus. Das Traueramt ist am Montag, den 8. April 1946, 8 Uhr, in der St. Albertkirche in Andernach.

Druck: Gebrüder Wester, Andernach

2. JUNI 1964
LKA KOBLENZ

Auf dem schlichten Schreibtisch des Büros liegen zwei Stapel leicht verblasster, roter Aktendeckel. Bei ihrem Anblick fragt sich Rudolf Wafzig zum wiederholten Mal an diesem Tag, ob es die richtige Entscheidung war, sich ins Landeskriminalamt Rheinland-Pfalz versetzen zu lassen. So schlecht ist es doch bislang für ihn, den fünfunddreißigjährigen ehemaligen Polizeiobermeister aus Bad Ems, nicht gelaufen. Vor fünf Jahren hat er seine Prüfung zum Kriminalkommissar abgelegt, danach ist er ins Kriminalamt Mainz gewechselt. Dort hat er zuletzt einen spektakulären Überfall auf ein Juweliergeschäft aufgeklärt. Wenig später kam das Angebot vom LKA. Natürlich hat er zugesagt.

Als er gestern vor dem Gebäude des LKA ankam, das, wie alle Häuser in der Koblenzer Neustadt, im hellen Gelb des Kurfürstlichen Schlosses gestrichen ist, musste er erst einmal tief durchatmen. Nun soll er künftig also zu der Mannschaft von ausgezeichneten Kriminalisten gehören, die für die ganz großen Fälle in Rheinland-Pfalz zuständig ist. Mit einem leicht flauen Gefühl in der Magengrube, aber auch voll Stolz hat er durch die hohe Glastür das moderne vierstöckige

Bürogebäude betreten, in das die Beamten des LKA erst vor zwei Jahren eingezogen sind. Zu seiner Überraschung hat ihn der stellvertretende Leiter des Landeskriminalamts, Rudolf Schmücker, sogar persönlich begrüßt.

»Wunderbar, Herr Wafzig, dass Sie jetzt bei uns sind! Sie werden sehen, es wird Ihnen gefallen.«

Jovial hat Schmücker ihn am Arm genommen und ihn durch alle Abteilungen des LKA geführt. Mit weit ausholender Geste zeigte er auf die über hundertfünfzigtausend Fallakten, die das Archiv des LKA füllen. In einer weiteren Abteilung durfte Wafzig die Kartei mit über siebzigtausend Fingerabdrücken bewundern. Sie werden, so erklärte ihm Schmücker, von Spezialisten katalogisiert und zur Spurensicherung ausgewertet. Im Keller ging es dann zu der speziell für die ballistischen Untersuchungen gebauten Schießanlage. Wafzig bestaunte beeindruckt den mit Sand gefüllten Kasten, in den die Kugeln aus einer mutmaßlichen Tatwaffe abgefeuert werden, um sie anschließend mit den Projektilen zu vergleichen, die am Tatort sichergestellt werden.

Leider erfuhr Wafzig auf seinem Rundgang auch, dass es im LKA keine Betriebsfußballmannschaft gibt. Im Kriminalamt Mainz war er ein gefürchteter Innenverteidiger, der »Eisenfuß« der Mannschaft. Auf seinen Lieblingssport wird er künftig also verzichten müssen, ebenso auf das eine oder andere Glas Bier mit den Kollegen nach dem Spiel. Aber daraus hat er sich ohnehin nie viel gemacht. Er ist nicht der Typ für gesellige Männerrunden. Er könne ja stattdessen Mitglied im Koblenzer Ruderclub Rhenania werden, hat Schmücker gemeint.

Dort ruderten mehrere Kollegen, und Wafzig mit seiner Größe und seiner schlanken Figur sei doch wie gemacht für die schmalen, schnellen Boote.

Nach einem Besuch in der Kantine, wo es Eintopf mit Mettenden gab, bat Schmücker ihn dann noch einmal in sein geräumiges, mit dunklem Mobiliar ausgestattetes Büro. Gespannt wartete Wafzig darauf, in welche Abteilung der Kriminalrat ihn beordern würde. Vielleicht zum Rauschgift, Mord oder zur Bandenkriminalität?

»Nun, Kommissar Wafzig«, begann Schmücker das Gespräch, »man hat mir gesagt, dass Sie hartnäckig sind und sehr systematisch an Ihre Fälle herangehen. Solche Leute brauchen wir. Sie haben ja unser umfangreiches Archiv gesehen. Darunter gibt es eine ganze Reihe von Akten, bei denen wir Sorge haben, dass die Fälle schon bald verjähren könnten. Sie wissen ja, in Bonn wird gerade darüber debattiert, ob die Verjährungsfrist von zwanzig Jahren bei Kapitalverbrechen wie Mord und Völkermord aufgehoben wird oder bestehen bleibt.«

Wafzig erinnerte sich, dass er im *Rheinischen Merkur* kürzlich über die sogenannte Verjährungsdebatte gelesen hatte. Nach geltendem Recht verjähren solche Kapitalverbrechen nach zwanzig Jahren. Diese Frist war von den Besatzungsmächten jedoch für die Zeit des Nationalsozialismus von 1933 bis 1945 ruhend gestellt worden. Als Stichtag für den Beginn der Verjährung wurde in der französischen Zone der 9. Mai 1945 festgelegt, also der Tag nach der deutschen Kapitulation. Ohne eine Gesetzesänderung droht nun also, dass alle nationalsozialistischen Verbrechen im nächsten Jahr, zum 9. Mai 1965, verjähren könnten.

Der frischgebackene LKA-Beamte fragte sich allerdings, was die anstehende Debatte in Bonn mit seiner künftigen Tätigkeit zu tun hat. Schmücker sollte ihn jedoch umgehend aufklären. Die Verjährungsfrist könne nicht nur die Verbrechen der Nazis straffrei stellen, sondern auch die zahlreichen Verbrechen, die in den chaotischen Zeiten nach Kriegsende, während der französischen Besatzung, in Rheinland-Pfalz geschehen waren.

»Das LKA«, eröffnete ihm Schmücker, »ist gebeten worden, die nicht gelösten Fälle aus jener Zeit noch einmal zu sichten und sie vielleicht doch noch einer Aufklärung zuzuführen.«

Langsam begriff Wafzig, was Schmücker ihm in seinem Bürokratendeutsch da gerade eröffnete. Er sollte also diese Aufgabe übernehmen. Wafzig hatte Mühe, sich seine Enttäuschung nicht anmerken zu lassen. Der stellvertretende LKA-Leiter wollte tatsächlich, dass er, der leidenschaftliche und bislang durchaus erfolgreiche Kriminalkommissar, sich mit Altlasten in den Archiven des LKA beschäftigt. Er schluckte, räusperte sich und meinte dann: »Ich hoffe sehr, dass dies nur vorübergehend ist.« Allerdings hat er darauf gestern keine Antwort mehr bekommen.

Nun sitzt Wafzig an seinem schlichten Schreibtisch auf einem Stuhl der Marke Raumwunder, dessen mangelnde Ergonomie er schon in Mainz kennenlernen durfte. Für seine Größe ist der Stuhl viel zu klein. Aber ein komfortableres Sitzmöbel hätte kaum Platz in der kleinen Kammer gefunden, die man ihm gestern als Büro zugewiesen hat. Unschlüssig, ob er den Aktenstapel auf seinem Schreibtisch weiter ignorieren soll, testet er die Tasten der Olympia-Schreibmaschine, die er allerdings lediglich im Zweifingersystem beherrscht. Dann sucht er nach Papier und Stiften, findet alles in einer Schreibtischschublade – und sogar einen Aschenbecher! Er platziert alles sorgsam vor sich auf den Tisch. Auf dem Seitenregal haben bereits seine Thermosflasche mit Kaffee und ein Becher Platz gefunden; sein leichter Mantel hängt samt der karierten Schirmmütze an einem Haken neben der Tür.

Jetzt fehlt nur noch das gerahmte Foto von Erika. Mit der Sekretärin aus dem Kriminalamt Mainz ist er seit der Weihnachtsfeier vor zwei Jahren, die er ausnahmsweise einmal besucht hatte, liiert. Er stellt Erikas Foto seitlich hinter die Olympia und betrachtet seine hübsche Freundin, die im gepunkteten Sommerkleid freundlich in die Kamera lächelt. Dabei fällt ihm ein, dass er gestern vergessen hat, Erika anzurufen. Nun wird sie sicher eingeschnappt sein. Schließlich hätte sie gern gewusst, wie sein erster Tag in Koblenz gelaufen ist. Er wird das Telefonat am Abend nachholen und sie hoffentlich besänftigen können.

Er schiebt die Olympia zur Seite und lockert seine Krawatte. Er kann die Enge um seinen Hals jetzt gerade schlecht ertragen. Nachdem er sich eine Stuyvesant, seine Lieblingszigarettenmarke, angezündet hat, legt er schließlich widerwillig den ersten Aktenstapel vor sich auf den Tisch. Sein neuer Vorgesetzter, Hauptkommissar Seiters, hat ihm heute Morgen nach dem unbefriedigenden Gespräch mit Schmücker noch erklärt, er solle prüfen, ob sich in den Akten eventuell neue Ansatzpunkte für eine Wiederaufnahme der Ermittlungen finden lassen. Wafzig hat allerdings keine Ahnung, wie er das nach so vielen Jahren anstellen soll. Zumal Seiters ihm verraten hat, dass all die Akten vor nicht einmal zehn Jahren schon einmal von Beamten des LKA gesichtet worden waren. Danach verschwanden die meisten mit dem Vermerk »Aufklärung unwahrscheinlich« im Archiv.

Während der Besatzungszeit, so erläuterte ihm Seiters, waren in erster Linie die Alliierten für die Verbrechensaufklärung zuständig, vor allem bei Straftaten, die von sogenannten »Displaced Persons« begangen worden waren. Zu diesen DPs, wie die Alliierten sie nannten, zählten ehemalige Zwangsarbeiter und Kriegsgefangene, aber auch KZ-Häftlinge. Sie alle unterstanden nach dem Krieg der Hoheit der Alliierten. Die deutschen Behörden hatten so gut wie keine Handhabe, Verbrechen dieser »verschleppten Personen« zu verfolgen. Die Ermittlungsakten wurden damals alle beim französischen Obertribunal in Rastatt aufbewahrt. Erst mit der Auflösung des Tribunals 1955/56 wurde ein Teil an die deutschen Justizbehörden übergeben.

Wafzig erinnert sich, dass er als vierzehnjähriger Hitlerjunge bei den Großeltern in Andernach einmal einen Zug von ausgezehrten Männern, Frauen und Kindern gesehen hat, die in ärmlicher Kleidung und mit armseligem Gepäck von Polizisten zum Marktplatz geführt wurden. Das war 1942 oder 43. »Sie sind Fremdarbeiter aus dem Osten«, hat ihm der Großvater damals erklärt, »sie müssen jetzt für uns Deutsche in den Fabriken und in der Landwirtschaft arbeiten. Unsere Männer sind ja fast alle an der Front.«

Später, als der Krieg vorüber war, erfuhr Wafzig aus den Radionachrichten der Alliierten, dass mehr als dreizehn Millionen Kriegsgefangene, KZ-Häftlinge und Deportierte aus den von Deutschen besetzten Gebieten zur Arbeit für die Kriegswirtschaft im Deutschen Reich gezwungen worden waren. Nach ihrer Befreiung wurden sie von den Besatzungsmächten zunächst in Lagern untergebracht und sollten baldmöglichst mithilfe von Flüchtlingsorganisationen in ihre Heimat zurückgeführt werden. Was offenbar nicht gelungen ist, denkt Wafzig. Denn nun soll er sich mit den Straftaten einiger dieser Displaced Persons beschäftigen.

Noch immer leicht verärgert über Schmückers Entscheidung, nimmt er das Deckblatt des ersten Aktenstapels. Es ist eine Liste aller Fälle, die er bearbeiten soll. Sie reichen von April 1945 bis Ende 1946. Wafzig beginnt zu lesen.

Überfall auf den Eckeberger Hof am 26. April 1945

Mord an den Eheleuten Alois und Maria Brinkmann im Hof Assmannshöhe bei Koblenz am 14. Juli 1945

Überfall auf den Aussiedlerhof Hühnerberg bei Nievern im Oktober 1945, Ermordung des Bauern

Erschießung des Pächters des Hofs Liebeneck bei Osterspai am 4. Mai 1946.

Die Liste ist lang. Aber bei allen Taten entdeckt Wafzig, dass die mutmaßlichen Täter tatsächlich immer Displaced Persons aus nahe gelegenen Lagern waren. Er nimmt sich einen Becher Kaffee aus seiner Thermosflasche auf dem Seitenregal. Warum haben die damals zuständigen französischen Behörden die Täter nicht überführt, wenn es doch in allen Fällen Verdächtige im Umfeld der DP-Lager gab? Das will er herausfinden, ehe er bewertet, ob sich in dem einen oder anderen Fall die Wiederaufnahme von Ermittlungen lohnt. Seine kriminalistische Neugier ist auf jeden Fall geweckt!

Er blättert durch die ersten Akten und stellt fest, dass alle offenbar ordentlich chronologisch geordnet sind. Aber was die Aufzeichnungen zu den Ermittlungen angeht, erscheinen ihm die meisten mehr als dürftig. In einigen Aktendeckeln sind nicht mehr als ein paar Dutzend Seiten. Er beginnt trotzdem zu lesen. In den ersten Akten findet er keinerlei Hinweise, die eine Wiederaufnahme rechtfertigen würden. Es gab in keinem Fall eine systematische Spurensuche durch die französischen Ermittler, keinen Abgleich von Waffen mit den am Tatort sichergestellten Projektilen. Die Angaben der Zeugen sind ebenfalls mehr als ungenau und weichen stark voneinander ab. Noch während er darüber nachdenkt, ob in allen Fällen so schlampig ermittelt wurde, schlägt er den nächsten Aktendeckel auf.

Überfall auf das Burgerhaus bei Andernach am 1. April 1946: neun Tote, keine erhärtbaren Spuren, Einstellung der Ermittlungen 1956.

Neun Tote, das Ausmaß des Verbrechens übertrifft bei Weitem alle vorherigen Fälle! Wafzig öffnet die Akte, die sehr viel umfangreicher ist als alle anderen. Es müssen, so schätzt er, mehrere Hundert Seiten sein. Beim ersten Durchblättern entdeckt er Dutzende von Tatortfotos und -skizzen, Fotos von offenbar achtlos zugedeckten

Leichen, dann die Opfer mit ihren tödlichen Verletzungen – wohl die Dokumentation der Leichenschau.

Schließlich stößt er auf eine Todesanzeige:

> *Aus der Fastenzeit dieser Welt voller Bangen und Schrecken rief Gott der Herr unsere lieben Angehörigen und Hausgenossen plötzlich zu sich in das ewige Ostern der Liebe und des Friedens. Es starben als Opfer eines furchtbaren Verbrechens …*

Es folgen sechs Namen. Wafzig atmet hörbar ein. Die Todesanzeige in ihrer Unmittelbarkeit berührt ihn unerwartet heftig. Er betrachtet noch einmal die Fotos der Opfer und liest den Bericht der Leichenschau. Demnach haben die Täter den Besitzer des Burgerhauses, Walter Windheuser, regelrecht hingerichtet. Außerdem töteten sie seine alte Mutter, die Tante, seinen Schwiegervater und zwei Knechte des Hofes. Der Amtsarzt vermerkte zudem die tödlichen Schüsse auf zwei Frauen. Eine von ihnen erlag ebenso wie ein dreizehnjähriger Junge aus Köln und einer der Knechte des Hofes erst in den Stunden nach der Tat ihren schweren Verletzungen.

Die Täter waren offenbar mitleidlos und mit äußerster Brutalität vorgegangen. Warum nur, fragt sich Wafzig, was war das Motiv für diese grausame Tat? Gespannt liest er weiter und erfährt, dass es auch Überlebende des Verbrechens gab: Elisabeth, die Frau des Bauern, mit den drei gemeinsamen Kindern sowie zwei Geschwister des Bauern, die damals einundvierzigjährige Katharina und ihr ein Jahr jüngerer, geistig behinderter Bruder Hanni. Überlebt hat außerdem ein Christian Gerb aus

Köln. Diese Zeugen, denkt Wafzig, sind ein möglicher Ansatzpunkt für neue Ermittlungen.

Auf einmal empfindet der frischgebackene Kommissar des LKA sein Aktenstudium gar nicht mehr als »Strafarbeit für den Neuen«. Nach seiner Erkenntnis ist dies das größte Verbrechen in Rheinland-Pfalz seit der Nachkriegszeit. Diesen Fall will und muss er aufklären, ein solches Verbrechen darf nicht ungesühnt bleiben. Seite für Seite blättert er sich jetzt durch die Akte. Er liest die Protokolle der ersten Tatortbegehung durch die deutschen Polizeibeamten und auch die anschließenden Aufzeichnungen der französischen Gendarmerie. Wieder kommt es ihm so vor, dass die Franzosen selbst bei dem neunfachen Mord im Burgerhaus eher lax ermittelt haben. Spuren wurden nicht zu Ende verfolgt, und Aussagen von Zeugen blieben unberücksichtigt.

Wafzig schaut auf die Uhr. Es ist schon nach siebzehn Uhr. Er hat die Zeit vollkommen vergessen, er war nicht einmal in der Kantine zum Essen. Er legt die Akte zur Seite und verlässt das Büro.

Wafzig hat sich als Untermieter bei einem alten Witwer einquartiert. Von dessen Wohnung in der Mainzer Straße sind es zu Fuß nur zwanzig Minuten zum LKA in der Koblenzer Neustadt, und das Zimmer genügt seinen bescheidenen Ansprüchen. Es ist sauber und das Bett bequem. Auf dem Weg dorthin wird er sich noch Brot und Schinken zum Abendessen besorgen und dann mit Erika telefonieren.

4. JUNI 1964
LKA KOBLENZ

Wafzig schenkt sich die erste Tasse Kaffee des Tages ein und gönnt sich dazu eine Zigarette. Er betrachtet das gerahmte Foto von Erika. Gestern Abend hat er endlich mit ihr telefoniert. Sie hat ihm natürlich Vorhaltungen gemacht, dass er sie nicht schon am ersten Abend angerufen hatte. Er hat sich ausreichend zerknirscht gezeigt und sich pflichtgemäß entschuldigt. Erika schwärmte ihm dann noch von einem ganz tollen Schnitt für ein Sommerkleid aus dem neuen Burda-Katalog vor, das sie sich auf jeden Fall schneidern will. Es ist ihm gelungen, höfliches Interesse zu zeigen.

Er drückt die Zigarette aus, nimmt noch einen Schluck Kaffee und schaut auf die Akte mit den Aufzeichnungen und Protokollen zu den Burgerhaus-Morden.

Der Fall hat ihn gestern nach seinem Telefonat mit Erika noch länger beschäftigt – ganz gegen seine sonstige Gabe, seine Fälle mit Beginn des Feierabends hinter sich zu lassen. Er schlägt die Akte auf und erfährt, dass der Fall bis in die Fünfzigerjahre verfolgt wurde, und obwohl die Ermittler damals mehrere am Überfall Beteiligte identifizieren konnten, wurde keiner der Täter für diese Tat vor ein Gericht gestellt. Das will und muss Wafzig einfach ändern! Er beschließt, sich nicht nur auf die umfangreichen Akten zu verlassen, sondern sich auch ein eigenes Bild zu machen und daraus seine Schlüsse zu ziehen. Er wird noch einmal ganz von vorn beginnen, mit der Besichtigung des Tatorts und der Befragung der Zeugen. Danach wird er den Faden der Untersuchungen in den Fünfzigerjahren wiederaufnehmen und die Ermittler von damals befragen. Die zuständigen Staatsanwälte hatten sich, wie er der Akte entnommen hat, vor allem auf zwei Hauptverdächtige konzentriert. Aber auch derer wurde man offenbar nicht habhaft. Die Ermittlungen in den Burgerhaus-Morden waren laut der Liste auf seinem Schreibtisch 1956 eingestellt worden. Aber bevor er mit seinen eigenen Ermittlungen beginnen kann, braucht er die Zustimmung der Staatsanwaltschaft Koblenz.

Wafzig greift deshalb zum Telefon und wählt die Nummer des Vorzimmers von Abteilungsleiter Seiters.

»Bitte, Fräulein Bauer, geben Sie mir den Namen des für meine Abteilung zuständigen Staatsanwalts.«

Fräulein Bauer braucht eine Weile, dann meldet sie sich. »Hohenstein heißt er.«

Dankend legt Wafzig auf, wählt die Nummer der Telefonzentrale und lässt sich mit der Staatsanwaltschaft Koblenz verbinden.

»Hier Wafzig vom LKA, ich möchte bitte mit Staatsanwalt Hohenstein sprechen.« Er wird von der Vermittlung durchgestellt, kurz danach ist Hohenstein in der Leitung. Nachdem Wafzig ihm sein Anliegen geschildert hat, vereinbaren sie einen Termin für den nächsten Tag.

5. JUNI 1964
STAATSANWALTSCHAFT KOBLENZ

Wafzig betritt den grauen neunstöckigen Betonbau in der Karmeliterstraße mit leichtem Unbehagen. Nicht wenige der Staatsanwälte hier waren schon während der NS-Zeit für die deutsche Justiz tätig. Aber auch nach mehr als zwanzig Jahren lässt die Aufarbeitung der Vergangenheit, wie in vielen anderen Behörden und Ämtern, auf sich warten. Wafzig fragt sich, ob Hohenstein auch einer der NS-Anwälte war. Aber er verwirft den Gedanken sofort. Für sein Anliegen muss ihm das schließlich egal sein.

»Herr Wafzig, wie kann ich Ihnen behilflich sein?«

Hohenstein mustert seinen Besucher aufmerksam durch eine randlose Brille. Er ist größer als Wafzig, der mit seinen ein Meter achtzig nicht eben klein ist. Hohensteins offenbar maßgeschneiderter Anzug ist aus dunklem Flanell, Weste, Krawatte und Einstecktuch passend in silbergrauer Seide. Das sehr kurze Haar ist akkurat gescheitelt.

Wafzig fühlt sich plötzlich etwas unwohl in seiner Alltagskombination aus braun kariertem Jackett und dunkler Hose. Doch Hohenstein übersieht geflissentlich seinen eher legeren Aufzug und weist höflich lächelnd auf den Stuhl vor dem großen Mahagonischreibtisch. »Nehmen Sie doch Platz, darf ich Ihnen einen Kaffee anbieten?«

Wafzig lehnt dankend ab. Er will lieber gleich zur Sache kommen.

»Ich möchte Ihnen einen Vorschlag machen«, beginnt er und schildert in groben Zügen die Tat und den Werdegang der Ermittlungen in den Burgerhaus-Morden. Er verweist auf den aus seiner Sicht laxen Umgang der französischen Militärbehörden mit dem Fall und schildert die bescheidenen Möglichkeiten, die die deutschen Ermittler damals hatten.

Hohenstein atmet hörbar ein. Wafzig ist zufrieden, er hat offensichtlich das Interesse des Staatsanwalts geweckt.

»Herr Staatsanwalt, die Franzosen verbrachten 1948 die meisten Unterlagen und Asservate in ihr Archiv nach Rastatt. Als dann unsere eigenen Ermittler in den Fünfzigerjahren den Fall übernahmen, bekamen sie von den Franzosen nur einen Teil der Akten. Sie mussten sich im Wesentlichen mit den damaligen Aufzeichnungen der deutschen Polizisten begnügen, die als Erste am Tatort gewesen waren. Die französischen Akten waren dürftig, es gab nur schlecht übersetzte Durch- und Abschriften der Originalakten. Die Ermittlungen in dem neunfachen Mord wurden jedenfalls 1956 ohne Ergebnis eingestellt.«

Ohne Umschweife bittet er dann Hohenstein, den Fall wiederaufrollen zu dürfen. Er wolle den Tatort noch einmal besichtigen, die Zeugen erneut befragen und alle Spuren systematisch bewerten.

»Herr Staatsanwalt, eine Aufklärung oder gar die Festsetzung der Täter mag zwanzig Jahre nach der Tat höchst unwahrscheinlich erscheinen. Aber angesichts der Schwere des Verbrechens sollten wir nichts unversucht lassen, den Tätern doch noch auf die Spur zu kommen. Und vor dem Hintergrund der noch ausstehenden Entscheidung über die Verjährungsfrist von Kapitalverbrechen sollten wir uns dafür keine Zeit lassen.«

Hohenstein hat ihm bis dahin schweigend zugehört. Jetzt nimmt er eine Zigarette aus einem silbernen Etui, betrachtet sie eine Weile und zündet sie dann an. Nach einem tiefen Zug wendet er sich an Wafzig. »Dann, Herr Kommissar Wafzig, versuchen Sie Ihr Glück.«

Nur vier Tage später sitzt Wafzig in seinem schon etwas in die Jahre gekommenen honiggelben Ford Taunus und fährt Richtung Andernach. Hohenstein hat ihn tatsächlich mit der Wiederaufnahme der Ermittlungen beauftragt. Neben ihm auf dem Beifahrersitz liegt seine Aktentasche, darin die dicke rote Mappe mit den Unterlagen zu dem hoffentlich bald gelösten Fall der Burgerhaus-Morde.

31. MÄRZ 1946
WLADIMIR

Wladimir lag auf seiner Pritsche und blies den Rauch seiner Selbstgedrehten gegen die betongraue Decke. Das Leben im Lager war einigermaßen erträglich, seitdem die Franzosen die Besatzungszone von den Amerikanern übernommen hatten. Zwar hatte die Militärbehörde die täglichen Lebensmittelrationen erneut gekürzt, aber die Soldaten, die das Lager bewachten, drückten bei dem einen oder anderen ihrer Raubzüge auf die umliegenden Gehöfte – auf der Suche nach Lebensmitteln oder Wertvollerem – schon mal ein Auge zu.

Wladimir war es trotzdem leid, in dem überfüllten Lager zu leben. Seit ein paar Wochen war er nun in der ehemaligen Kaserne Niederlahnstein. Sie war eines der vielen Lager für die Displaced Persons. Diese hatten alle als Kriegsgefangene, Zwangs- oder Fremdarbeiter in Nazi-Deutschland unter elenden Bedingungen in Fabriken, Bergwerken oder der Landwirtschaft geschuftet. Nach der Befreiung durch die Alliierten sollten sie in Lagern wie Niederlahnstein auf ihre Rückführung in die Heimat warten.

Die meisten DPs waren jetzt, im März '46, bereits nach Hause zurückgekehrt. Franzosen, Belgier, Italiener – sie alle waren weg. Geblieben waren diejenigen, die wie Wladimir auf keinen Fall zurückwollten: Russen, Polen, Ukrainer und all die anderen, deren Heimat nach dem Krieg plötzlich die Sowjetunion war oder zum Einflussbereich der UdSSR gehörte. Im Lager Koblenz-Horchheim, wo die Amerikaner DPs aus der Gegend um Andernach in der Gneisenau-Kaserne untergebracht hatten, hatte Wladimir mitbekommen, dass die Amerikaner Bürger der Sowjetunion unter Zwang repatriierten. Sie brachten sie in Lager der Sowjets an der Elbe, wo sie vom gefürchteten Geheimdienst des Innenministeriums verhört oder gleich erschossen wurden. Wer konnte, war vor Stalins Schergen geflohen. Nicht wenige hatten sich sogar das Leben genommen, denn die meisten erwartete in der Heimat Schlimmeres als die Kasernierung in den Lagern der Alliierten. Das Volkskommissariat für Innere Angelegenheiten war berüchtigt für seine grausamen Verhöre und die willkürliche Verbannung nach Sibirien. Für Stalin und seine Schergen waren all diejenigen, die den Krieg in Deutschland überlebt hatten, Vaterlandsverräter, Kollaborateure der Nazis.

Auch Wladimir war geflohen und untergetaucht. Jetzt hatte er neue Papiere, was einfach gewesen war, denn er hatte sich in Niederlahnstein neu registrieren lassen müssen. *Staatenlos* stand nun in seinem Ausweis der IRO, der Internationalen Flüchtlingsorganisation. Jetzt fehlte nur noch das Geld, um in die USA oder nach Kanada auszuwandern. Denn dorthin wollte er, gemeinsam mit seinem Freund Michail.

Den Ukrainer hatte er 1942 in der Stahlfabrik bei Andernach kennengelernt, wo sie als Zwangsarbeiter der Nazis unter glühender Sommersonne und in bitterer Winterkälte Walzstahl für die Rüstungsindustrie schmiedeten. Viele ihrer Leidensgenossen starben an Hunger und Entkräftung, an Krankheiten und Verletzungen, die eigentlich einfach zu behandeln gewesen wären. Andere wurden wegen geringer Vergehen vor aller Augen erschossen. Oft war Wladimir unter denjenigen gewesen, die von den Wachposten gezwungen wurden, die Leiche des toten Kameraden wegzuschaffen und in eines der Massengräber zu werfen. Nur leise sprachen sie ein russisches Gebet, wenn sie den Leichnam mit Sand und Kies bedeckten.

Er und Michail hatten überlebt und waren nach der Befreiung durch die Amerikaner zusammengeblieben. Gemeinsam hatten sie seitdem immer wieder Pläne für eine bessere Zukunft geschmiedet – weit weg von Deutschland.

Wladimir vertraute Michail wie einem Bruder. Der Ukrainer war mit seinen dreiundzwanzig Jahren etwas älter als er. Er war nach der Kesselschlacht von Kiew als sowjetischer Kriegsgefangener nach Deutschland gekommen. Michail war klein, kräftig und brutal. Irgendwann hatte man ihm die vorderen Zähne des Oberkiefers ausgeschlagen, sie waren durch Zähne aus Weißmetall ersetzt worden. Da er zusätzlich unten zwei Goldzähne hatte, konnte er einem mit seinem Grinsen durchaus Furcht einflößen. Dazu kamen die Tätowierungen an Händen und Oberarmen. Inzwischen hatte sich Wladimir im Lager die gleichen Tätowierungen wie Michail stechen lassen. Auf dem rechten Handrücken war jetzt ein Anker mit der kyrillischen Aufschrift *Freiheit*, und auf seiner Brust prangte ein fliegender Adler.

Der Freund war selbstverständlich Anführer ihrer Raubzüge. Keiner wagte es, an seiner Autorität zu zweifeln, auch wenn die von ihm geplanten Überfälle auf die benachbarten Höfe bislang abgesehen von ein paar Lebensmitteln wenig eingebracht hatten. Aber das sollte sich jetzt ändern! »Morgen ist es so weit«, hatte Michail ihm versichert, »bei dem Überfall beschaffen wir uns endlich das nötige Geld für die Überfahrt nach Amerika.«

Bei dem Gedanken dachte Wladimir ein wenig wehmütig an Saratow, seine Heimatstadt an der Wolga. Er würde sie wohl nie wiedersehen. Er dachte an Vater und Mutter, an seine Arbeit in der väterlichen Schmiede, die ihm gut gefallen hatte. Auch an seine Freunde musste er denken, an die Ausflüge mit der wolgadeutschen Jugend, an die Singabende mit deutschen Volksliedern und an die gemeinsamen Kirchgänge. Und er dachte an Valentina, das Mädchen mit den braunen Locken, das er auf dem letzten in der Heimat verbrachten Erntedankfest geküsst hatte.

Vor fünf Jahren war er aus Saratow geflohen. Nach dem Überfall der Deutschen auf Russland im Juni 1941 hatte Stalins Geheimpolizei angefangen, die Wolgadeutschen zu deportieren. Die Bewohner ganzer Dörfer wurden in Züge oder Viehwagons gepfercht und nach Sibirien oder Kasachstan verfrachtet. Die einst freien Bauern, die selbst als Bürger der Sowjetunion noch ihre Sprache und Gebräuche hatten behalten dürfen, waren jetzt in den Augen Stalins Feinde, Kollaborateure der Nazis.

Der Deportation und der Arbeit in den Zwangslagern wollte Wladimir unter allen Umständen entgehen. Denn auch seine Eltern rechneten täglich mit dem Erscheinen der Geheimpolizei. Zwar war Wladimirs Mutter Russin, doch in der patriarchalen Gesellschaft der Sowjetunion entschied die Volkszugehörigkeit des Vaters über das Schicksal der Familie. Sein Vater war Deutscher und sogar Obmann und Sprecher der Wolgadeutschen in Saratow. Damit war die Deportation der Familie sicher. Eines Abends eröffnete Wladimir deshalb dem Vater und der weinenden Mutter, er werde gemeinsam mit Oleg, seinem besten Freund, nach Deutschland fliehen. »Deutschland«, so hatte er ihnen damals beschwichtigend erklärt, »das ist das Land des Führers. Er wird Stalin Einhalt gebieten und uns unsere Heimat und unseren Besitz zurückgeben. Danach komme ich zurück nach Saratow.« Damals war er gerade fünfzehn und hatte fest daran geglaubt.

Nun war er hier in Niederlahnstein, und die Rückkehr in die Heimat lag in weiter Ferne. Aber Michail hatte ihm eine Zukunft in Amerika versprochen, und dafür fehlte nur noch das nötige Geld. Er kannte den Hof, wo sie morgen hinwollten. Er war schon einmal auf dem Anwesen des Burgerhauses gewesen. Damals, im Juli letzten Jahres, war es ihm und seinen Komplizen nur um Lebensmittel gegangen. Sie hatten dabei ein Schwein erschossen und waren mit ihrer Beute unbehelligt entkommen. Ein weiterer Versuch, den Hof einen Monat später noch einmal zu überfallen, schlug allerdings fehl. Hunde schlugen Alarm, und sie hatten unverrichteter Dinge fliehen müssen. Dabei war der Hof, wie er jetzt wusste, eigentlich eine Goldgrube.

»Da sind zwölftausend Reichsmark versteckt«, hatte ihm Michail versichert, »außerdem haben die viele

Wertsachen. Der Bauer hat das alles Hamsterern abgenommen und auch auf dem Schwarzmarkt so einiges verdient.« Michail verriet ihm dann noch, dass der Bauer mit seinen Reichtümern vor seinen Skatfreunden geprahlt hatte. Einer von denen hatte das nämlich Michail bei einem ihrer letzten Trinkgelage mit Selbstgebranntem gesteckt.

Die Goldgrube im Burgerhaus wollten sie morgen also ausheben. Zu siebt würden sie sein, alle bewaffnet! Wladimir fühlte noch einmal nach der P08 unter seiner Matratze. Irgendein deutscher Soldat hatte sie auf der Flucht weggeworfen, und Wladimir hatte sie in einem Graben in der Nähe des Lagers gefunden. Morgen würde sie ihrem Vorhaben Nachdruck verleihen. Zufrieden schlief er ein.

9. JUNI 1964
ANDERNACH

Nach nur einstündiger Fahrt parkt Rudolf Wafzig den Taunus vor der Pension Zur guten Quelle in Andernach. Von hier, vom Kurfürstendamm, sind es nur wenige Gehminuten zum Marktplatz und von dort zur Stadtmauer. Auf der anderen Seite der Mauer, in der Breite Straße, hatten die Großeltern gelebt, ganz in der Nähe der Georg-Schemm-Schule, benannt nach dem NSDAP-Gauleiter und Reichswalter des Nationalsozialistischen Lehrerbunds. Als Kind war Wafzig vor dem Krieg oft bei ihnen zu Besuch gewesen. Meist fuhr der Vater seinen Sohn nach Andernach – in seinem schwarzen Opel Admiral, damals der ganze Stolz des Konditormeisters aus Bad Ems. Die Besuche wurden seltener, als Wafzig als Zehnjähriger 1939 der Hitlerjugend beigetreten war und die Jugenddienstpflicht in den Ferien lange Wanderungen und Märsche vorsah. Die Großeltern waren in der Bombennacht am zweiten Weihnachtsfeiertag 1944 unter den Trümmern ihres Hauses ums Leben gekommen. Seitdem hatte Wafzig die Stadt nicht mehr besucht.

In der Eingangshalle der Pension erwartet ihn, mit roten Pausbacken, blondem Kraushaar und sichtlicher

Wirtschaftswunder-Fülle, die Wirtin Katharina Kipper. »Herzlich willkommen in Andernach, Herr Kommissar. Wie geht es? Wie war die Fahrt?«

Nachdem Wafzig ihr versichert hat, dass die Fahrt angenehm gewesen sei und es ihm ausgezeichnet gehe, trägt er sich ins Empfangsbuch ein und beeilt sich, auf sein Zimmer zu kommen. Er packt sein Gepäck auf das schlichte Einzelbett und holt seine Aufzeichnungen zu den Burgerhaus-Morden aus der Aktentasche. Bereits vor seiner Abfahrt hatte er bei der Stadtverwaltung den Aufenthaltsort der überlebenden Geschwister des ermordeten Bauern Windheuser erfahren – sie sind trotz der schrecklichen Ereignisse damals nicht umgezogen, leben immer noch im Elternhaus. Noch heute will er deshalb im Burgerhaus mit Katharina und Hanni Windheuser sprechen.

Doch zunächst hat er noch Zeit, die Stadt zu erkunden, die er seit fast zwanzig Jahren nicht mehr gesehen hat. Er wäscht sich schnell die Hände im Gemeinschaftsbad auf dem Gang und macht sich auf den Weg. Am Empfang wird er allerdings von der drallen Frau Kipper aufgehalten. Neugierig will sie wissen, was der Kommissar aus Koblenz hier zu tun hat.

Der antwortet ausweichend: »Es geht um eine alte Geschichte«, und verlässt die Pension.

Vom Kurfürstendamm geht er gemächlich über die Grabenstraße zum Markt. Der Altstadtkern war bei den beiden Bombenangriffen auf Andernach, dem vom zweiten Weihnachtstag 1944 und einem weiteren am 2. Januar 1945, zum Glück fast gänzlich verschont geblieben. Wafzig betrachtet die schönen historischen Häuser mit ihrem alten Fachwerk und den aufwendig gestalteten Fassaden. Lediglich an der Ostseite des Marktes wurde das ehemalige Haus der NS-Frauenschaft zerstört, und natürlich fehlt der große Löschteich, der 1940 gegen das Feuer der feindlichen Bombenangriffe ausgehoben worden war und der fast den gesamten Platz eingenommen hatte.

Wafzig spaziert weiter durch die Marktgasse, wo die Schneiderei des Großvaters gewesen war, und durch die Hochstraße zum historischen Rathaus. Die Altdeutsche Bierstube schräg gegenüber gibt es immer noch. Hierhin hat er manchmal den Großvater begleiten dürfen, bis die SA die Bierstube zu ihrem Stammlokal gemacht hatte. Am Stadtmuseum im Haus Von der Leyen schweben an den Säulen des Renaissancebaus noch immer die vier Galionsfiguren aus Holz, die er als Junge jedes Mal staunend betrachtet hatte. In seiner Fantasie waren sie verwunschene Piraten, die ein grausames Schicksal hierher verschlagen hatte.

Wafzig erreicht die alte Stadtmauer, an der an beiden Seiten kleine Häuser wie Bienenwaben hängen. Es ist Mittag, und sein Magen knurrt, denn wie gewöhnlich hat er morgens nur wenig gegessen, eine Scheibe Brot mit Cervelatwurst. Auch wenn Erika ihn immer wieder ermahnt, morgens anständig zu frühstücken: »Morgens wie ein Kaiser, mittags wie ein König, abends wie ein Bettelmann.«

Seine Essgewohnheiten hat er arg vernachlässigt, seitdem er allein in Koblenz lebt. Erika hat zwar auch beim letzten Telefonat wieder darauf gedrängt, endlich eine Wohnung zu suchen und zu heiraten, aber noch versucht er das hinauszuzögern. Heirat, er weiß nicht so recht. Sein Junggesellenleben gefällt ihm eigentlich ganz gut. Außerdem ist es gar nicht so einfach, in dem mittlerweile auf hunderttausend Einwohner angewachsenen Koblenz eine passende und bezahlbare Wohnung zu finden. Und angesichts seiner gerade aufgenommenen Ermittlungen in den Burgerhaus-Morden hat er jetzt auch gar keine Zeit für die Suche.

Er erinnert sich, dass es am Andernacher Rheinufer das Gasthaus Am Bollwerk gab. Dort hat er schon mit den Großeltern Döppekoche gegessen, ein Gericht aus eingeweichten alten Brötchen, geriebenen rohen Kartoffeln, Zwiebeln, Ei und Bauchspeck – das Ganze serviert mit selbst gemachtem Apfelmus. Hier will er zu Mittag essen.

Das Gasthaus mit seiner alten Holztreppe zu den Pensionszimmern in der oberen Etage, den schweren Kupferleuchtern an der Decke und dem Eichenbuffet an einer Wand ist seit seiner Kindheit offenbar nie verändert worden. Wafzig nimmt an einem der Tische im Vorbau des Hauses Platz, und bis der Döppekoche kommt, bestellt er sich ein frisch gezapftes Nette-Bier und gönnt sich eine Stuyvesant.

Eine knappe Stunde später geht Wafzig zufrieden zurück in die Pension. Der Döppekoche ist noch immer so lecker wie in seinen Kindertagen. Hinter dem kleinen Empfangstresen empfängt ihn erwartungsvoll Katharina Kipper. Die Frau ist wirklich neugierig, denkt Wafzig, überlegt aber kurz und spricht sie dann an: »Frau Kipper, eine Frage: Sagt Ihnen das Burgerhaus etwas?«

»Ja, natürlich, Herr Kommissar. Da geschah doch nach dem Krieg dieses schreckliche Verbrechen. Der Bauer, seine Mutter und noch mehr Hofbewohner sind damals brutal erschossen worden. Sind Sie deshalb hier?«

»Das darf ich Ihnen so direkt nicht sagen, aber kannten Sie die Leute?«

»Ja, den Bauern, Walter Windheuser, den habe ich gekannt. Während des Krieges kam er regelmäßig mit seinem Ochsenfuhrwerk in die Stadt, um Milch und Getreide beim Ortsbauernführer abzugeben. Als Landwirt war er ja vom Kriegsdienst befreit. Man hat nie etwas Schlechtes über ihn gehört. Er soll seine Zwangsarbeiter auf dem Hof immer gut behandelt haben. Einmal soll er sogar einen Juden, den Viehhändler Max Lambert, vor den Nazis versteckt haben. Wenn Sie mehr wissen wollen, Max Lambert ist nach dem Krieg wieder nach Andernach zurückgekehrt, denn seine Frau ist ja von hier. Ich denke, Sie können sicher mit ihm reden.«

Wafzig nickt höflich, vielleicht wird er auf die Aussage von Max Lambert zurückkommen. Doch nach dem, was Frau Kipper ihm da gerade erzählt hat, wird persönliche Rache an Walter Windheuser wohl kaum das Motiv für den brutalen Überfall auf das Burgerhaus gewesen sein.

Einmal in Fahrt, redet die Wirtin weiter: »Übrigens, die Elli Windheuser, die Witwe des Bauern, lebt auch hier in Andernach. Sie ist damals, nach der schrecklichen Bluttat, mit ihren Kindern zur Mutter gezogen. Ihr Vater ist ja auch umgebracht worden. Die Elli selbst hat nur knapp überlebt, ihre rechte Hand kann sie seitdem nicht mehr benutzen, sie ist gelähmt. Auch die beiden älteren Kinder wurden verletzt, das Mädchen am Kopf und der Junge am Arm. Die Mutter von Elli, die alte Frau Hoffmann, ist übrigens kurz nach der Bluttat gestorben. Die schrecklichen Ereignisse waren einfach zu viel für ihr schwaches Herz. Elli und die Kinder leben jedenfalls seit damals ganz zurückgezogen. Die Elli traut sich kaum unter Menschen und lässt ihre Kinder am liebsten gar nicht aus dem Haus.«

Wafzig weiß aus dem Bericht des Amtsarztes, dass Elli an Hals, Arm, Oberschenkel sowie in den Rücken getroffen wurde. Zum Zeitpunkt der Schüsse auf sie war sie mit ihren Kindern in einem der Schlafzimmer im ersten Stock gewesen. Als die Täter sie entdeckten, warf sie sich schützend über ihre Kinder. Die Verbrecher hatten trotzdem erbarmungslos geschossen. Unverletzt blieb lediglich der Säugling von damals zwei Monaten. Der Kommissar beschließt, auf die Vernehmung der offenbar traumatisierten Elli Windheuser und ihrer Kinder vorerst zu verzichten.

»Das ist alles sehr interessant, Sie haben mir wirklich sehr geholfen, Frau Kipper. Aber nun muss ich an die Arbeit.«

Er nimmt den Schlüssel, den Frau Kipper bereits vom Brett genommen hat, und beeilt sich, auf sein Zimmer zu kommen, ehe ihm die Wirtin ihrerseits neugierige Fragen stellen kann.

Auf seinem Zimmer prägt er sich noch einmal die Tatortskizzen vom Burgerhaus ein. Die Aufzeichnungen der ersten Vernehmungen der Geschwister des Bauern lässt er bewusst aus. Er will zunächst selbst mit Katharina und Hanni Windheuser sprechen. Die Geschwister des Bauern waren erstaunlicherweise kurz nach der Tat wieder auf den Hof zurückgekehrt. Aber wo sollten sie auch sonst hin, die unverheiratete einundvierzigjährige Katharina und der geistig behinderte Hanni?

Kurze Zeit später sitzt der LKA-Kommissar in seinem Ford Taunus und fährt Richtung Plaidt. Gestern, am späten Nachmittag, hatte er noch im Burgerhaus angerufen, um seinen Besuch anzukündigen. Als eine Hildegard Bengert sich meldete, erfuhr Wafzig, dass sie das jüngste der Windheuser-Geschwister ist. Sie hatte die Blutnacht nicht miterlebt, denn im April '46 wohnte sie mit ihrem Mann noch in Köln, war allerdings im Sommer '46 mit Katharina und Hanni ins Burgerhaus zurückgekehrt. Nicht ungern, wie sie Wafzig verriet, denn ihr Kölner »Veedel«, Ehrenfeld, war in den letzten Kriegsjahren total zerstört worden. Gemeinsam mit ihrem Mann führt sie seitdem die Landwirtschaft und den kleinen Restaurationsbetrieb des Burgerhauses.

9. JUNI 1964
BURGERHAUS

Hildegard hatte ihm den Weg zum Burgerhaus beschrieben. Schon von Weitem kann Wafzig das ockergelbe, zweistöckige Gebäude sehen, mit seinen sich im Karree anschließenden Nebengebäuden. Einsam liegt es auf einem Höhenrücken zwischen Andernach, Eich, Nickenich, Kretz, Plaidt und Miesenheim. Wafzig hat Mühe, den Wagen auf dem hügeligen, holprigen Sand- und Schotterweg, der von Andernach über Plaidt durch die fruchtbare Vulkanlandschaft hinauf zum Burgerhaus führt, zu lenken. Nach der letzten Steigung hat er das Haus dann vor sich und bemerkt sogleich, dass das schwere Tor zum Hof anders als auf den Tatortfotos inzwischen nicht mehr aus Holz, sondern aus Eisen besteht und mit hohen, scharfkantigen Zacken versehen ist.

Wafzig parkt den Wagen direkt vor dem Haupthaus. Hildegard Bengert hatte ihm gesagt, er solle an die Haustür klopfen und klingeln, damit man ihm öffnet. Eine seltsame Art, ein Gasthaus zu betreiben, denkt der Kommissar und klopft.

Sofort beginnt ein wütendes Gebell, das aber nach einem lauten »Scht« aus dem Innern des Hauses verstummt. Wenig später öffnet sich die schwere, hölzerne

Tür einen Spalt breit. Dahinter sieht Wafzig ein Gesicht mit markanter Nase und energischen Zügen. Die Ähnlichkeit zu den Fotos in der Akte ist nicht zu übersehen: Das ist Katharina Windheuser, die Schwester, die den mörderischen Überfall überlebt hat. Sie sieht jünger aus, als sie ist, Wafzig würde sie auf höchstens Mitte fünfzig schätzen. Ihr streng nach hinten gekämmtes Haar ist noch immer von dunklem Rot, ohne jeden Grauschimmer. Katharina mustert den Besucher mit kühlem Blick: »Wer sind Sie? Was wollen Sie?«

»Guten Tag, Frau Windheuser. Ich bin Kriminalkommissar Rudolf Wafzig vom LKA in Koblenz. Ich habe mich gestern bei Ihrer Schwester telefonisch angemeldet. Mein Amt hat mich mit neuerlichen Ermittlungen im Fall der Burgerhaus-Morde beauftragt. Ich würde deshalb gern mit Ihnen und Ihrem Bruder Hanni …«

Er kann den Satz nicht beenden. Katharina unterbricht ihn durch die immer noch nur einen Spalt breit geöffnete Tür: »Wir haben alles gesagt, was es zu sagen gibt. Ich weiß nicht, was wir noch hinzufügen können. Hanni regt sich auch immer furchtbar auf, wenn man auf jene Nacht zu sprechen kommt.«

»Bitte, ich muss mit Ihnen sprechen. Soweit ich weiß, hat man bei den Ermittlungen die Beobachtungen Ihres Bruders mehr oder weniger außer Acht gelassen. Ich hoffe, durch ein Gespräch mit Ihnen beiden neue Ansatzpunkte zu finden. Wollen Sie nicht auch, dass die Mörder Ihrer Familie doch noch gefasst werden?«

Katharina mustert ihn noch einmal von oben bis unten und öffnet dann zögernd die Tür. Er folgt ihrer hageren Gestalt in den düsteren Gang. Im Vorbeigehen kann er einen Blick in die Küche werfen. Die Ausstattung ist einfach und hat sich vermutlich seit zwanzig Jahren kaum verändert: ein großes Buffet, Regale mit Tiegeln und Töpfen, ein gusseiserner Ofen, der wahrscheinlich noch immer mit Holz beheizt wird, daneben ein großer Tisch mit Stühlen. An ihm müssen am Abend des 1. April 1946 die acht Menschen zusammengesessen haben, von denen sechs die Nacht nicht überleben sollten.

Katharina führt ihn in ein Zimmer auf der anderen Seite des Flurs. Es war nach den Tatortskizzen das ehemalige Wohnzimmer. Nun ist es eine einfache Gaststube mit schlichten Resopaltischen und hölzernen, unbequemen Stühlen. An der Wand hängen gerahmte Drucke bäuerlichen Lebens. Auf der Bank, die eine Seite des Raumes einnimmt, kauert, die Arme verschränkt, ein alter Mann mit brauner Joppe und karierter Schiebermütze. Wafzig bemerkt die typische markante Nase der Windheusers. Der Mann auf der Bank sieht ihn mit schiefem Lächeln an, und Wafzig sieht, dass er fast zahnlos ist. Er nickt Hanni Windheuser freundlich zu. Der ist aber schon wieder in sich versunken.

Wafzig ruft sich die Akten in Erinnerung. Unmittelbar nach der Tat waren alle Überlebenden vernommen worden, mit Ausnahme des geistig eingeschränkten Hanni. Er wurde erstmals im Laufe der Ermittlungen Anfang der Fünfzigerjahre gehört. Damals hatte man ihm auch Fotos von einigen der mutmaßlichen Täter gezeigt. Trotz seiner Einschränkung konnte sich Hanni offenbar gut an die Männer erinnern, die seine Mutter erschossen hatten. Er zeigte auf das Foto eines Mannes, der zu der Zeit wegen eines anderen Deliktes im Gefängnis von

Werl einsaß. Der Mann war mittelgroß, schlank, hatte einen vollen Mund, sanfte Augen und hellbraunes, streng nach hinten gekämmtes Haar. Sein Name: Wladimir Inguschin. Bei der dann folgenden Gegenüberstellung hatte jedoch keiner der anderen Zeugen Inguschin letztendlich endgültig identifiziert. Hanni hatte man allerdings nicht mitgenommen. Warum eigentlich?, fragt sich Wafzig. Er beschließt, Hanni die Fotos der Verdächtigen, die er den Akten entnommen hat, auf jeden Fall noch einmal zu zeigen.

Er wendet sich nun an Katharina, die ihn an einem der Tische Platz nehmen lässt. Noch immer sichtlich unwillig, setzt sie sich mit verschränkten Armen auf den Stuhl ihm gegenüber. Nun, da er sie näher betrachtet, meint Wafzig in ihren Augen eine tiefe Traurigkeit zu erkennen.

»Frau Windheuser«, beginnt er das Gespräch, »ich kann mir vorstellen, dass es Ihnen schwerfällt, aber können Sie mir dennoch erzählen, was an jenem Abend des 1. April passiert ist?«

Er nimmt Block und Bleistift aus seiner Jackentasche und legt beides vor sich auf den Tisch. Katharina starrt nun schon eine ganze Weile auf die mit beigen Ornamenten versehene Tapete. Wafzig lässt ihr Zeit. Aber dann beginnt sie zu reden.

»Ich erinnere mich noch gut an den Tag. Mutter, Elli und ich waren den ganzen Nachmittag mit dem Abendessen für dreizehn Leute und die Kinder beschäftigt. Außer der Familie war auch Ellis Vater aus Andernach da. Er war schon am Tag vorher gekommen, um mit uns den Rosensonntag in der Fastenzeit zu begehen.

Am Nachmittag kamen dann auch noch die Kölner, Luci Puhlheim, ihre Schwägerin Christiane Schmidt und deren Schwager Christian Gerb. Ich kannte Luci und Christiane über Hildegard. Unsere Schwester lebte ja damals in Köln, und ich habe sie öfters besucht. Sie hatten auch noch den Neffen von Christian dabei. Er hieß Cornelius, glaube ich. Die Kölner wollten bei uns hamstern, denn sie wussten, dass wir nicht alles an Fleisch, Milch und Getreide abgeben mussten, sondern einiges behalten durften. Wir mussten eigentlich nur Zucker und Kaffee auf Lebensmittelmarken besorgen und natürlich den Tabak für Walter, Hanni und unsere Knechte. Ich hatte den Kölnern schon vorher bei meinen Besuchen bei Hildegard Kartoffeln und Mehl verkauft oder gegen Stoff und andere Sachen eingetauscht. Das war zwar streng verboten, genau wie das Hamstern. Auch darauf standen harte Strafen. Aber was sollten die armen Menschen machen? Am Andernacher Bahnhof habe ich die übervollen Züge mit Hamsterern gesehen. Die Leute standen auf den Trittbrettern und hingen sogar aus den Fenstern. Es waren so viele, dass die französische Polizei gar nichts ausrichten konnte.«

Katharina lächelt bei der Erinnerung ein wenig. Dann fährt sie fort: »Der Tag vorher war, wie gesagt, der Rosensonntag. In der Mitte der Fastenzeit durfte man ja ein wenig das Fasten vergessen und eine anständige Mahlzeit auf den Tisch bringen. Es gab Schrottele, Sie wissen schon, Béchamel-Kartoffeln mit Leberwurst. Leberwurst hatten wir all die Jahre vorher nicht mehr gehabt. Von den Schrottele war am Montag allerdings nicht mehr viel übrig. Alle hatten nämlich am Vortag kräftig zugelangt. Deshalb schälten wir nochmals Kartoffeln und Zwiebeln und machten Klatschkäs mit Musik, angemachten Quark mit Zwiebeln. Das war vor dem Krieg unsere Spezialität. Den Klatschkäs haben wir den Gästen zum Bier serviert. Auf jeden Fall hatten wir an dem Montag gut zu tun, um alle satt zu bekommen. Aber wir hatten zum Glück genügend Kartoffeln im Keller, und Quark aus unserer Milch war auch da.«

Katharina versinkt für einen Moment wieder in ihren Erinnerungen, ehe sie weiterspricht: »Wir haben dann alle in der Küche zu Abend gegessen. Danach sind Mutter, die Tante, Hanni, Ellis Vater und die Kinder nach oben zu Bett gegangen. Walter, Elli und ich sind mit den Kölnern und unseren beiden Knechten in der Küche geblieben. Walter hatte trotz der Fastenzeit den Selbstgebrannten geholt. ›Damit verhandelt's sich beim Hamstern besser‹, hat er gemeint.«

Die hagere Frau schweigt erneut, holt dann tief Luft und redet weiter: »Plötzlich, es war so gegen einundzwanzig Uhr, bellten die Hunde. Aber da war es schon zu spät. Die Tür ging auf, und da standen die vier Männer. Mit vorgehaltenen Pistolen kamen sie zu uns in die Küche. Laila, die Hündin, ging sofort auf die Männer los. Aber die schossen auf sie, die Arme winselte jämmerlich und verkroch sich hinter dem Ofen. Einer, wohl der Anführer, schrie: ›Hände hoch! Alle auf den Boden!‹ Das war auf Deutsch, daran erinnere ich mich genau.«

Katharina macht erneut eine Pause und schaut besorgt zu ihrem Bruder.

»Ich legte mich jedenfalls auf den Boden, die anderen auch. Nur Walter blieb sitzen. ›Wo Geld?‹, schrie einer der Banditen. Als Walter nicht antwortete, ging er zu ihm, sagte: ›Du Kapitalist‹, und erschoss ihn aus nächster Nähe.«

Sie stockt erneut, steht auf und holt sich ein Glas Wasser vom Hahn an der Theke. Zurück am Tisch, nimmt sie einen kleinen Schluck und fährt zögernd fort: »Elli konnte gar nicht mehr denken. Ich glaube, sie hat nicht einmal mitbekommen, dass Walter tot war. Sie flehte nur darum, zu ihren Kindern zu dürfen. Das haben sie ihr dann erlaubt, und sie ging in den ersten Stock. Danach ging alles sehr schnell, sie schossen wahllos auf uns alle. Gleich beim ersten Schuss habe ich mich fallen lassen, der junge Schäferhund, Lailas Sohn, legte sich auf mich. Damit hat er mir wahrscheinlich das Leben gerettet. Ich lag in einer Blutlache und stellte mich tot. Die Banditen warfen über uns Kleidungsstücke von der Garderobe im Hausflur. Der Himmel weiß, warum. Was dann genau geschah, weiß ich nicht. Ich habe nur mitbekommen, dass die Mörder nach nebenan und nach oben gingen. Zuvor hatten sie noch das Grammofon angestellt. Das spielte ausgerechnet, das werde ich nie vergessen, ›Guten Tag liebes Glück‹, von Lilian Harvey.«

Wafzig empfindet, ganz entgegen seinem sonst so nüchternen Umgang mit Zeugen, auf einmal Mitleid mit Katharina. Was muss sie in jener Nacht durchgemacht haben! Aber er verschluckt jedes mitfühlende Wort. Stattdessen hört er ihr weiter schweigend zu.

»Das Töten war damit nicht zu Ende. Ich hörte Schüsse aus dem oberen Stockwerk und aus dem Dachgeschoss, wo Ellis Vater schlief. Dann hat die eine Kölnerin, Christiane Schmidt, die sich offensichtlich auch totgestellt hatte, die Nerven verloren. Auf jeden Fall sprang sie plötzlich auf, schrie wie wild und versuchte, aus der Küche zu fliehen. Aber in der Tür stand noch einer der Banditen. Ich hörte wieder Schüsse und wusste, jetzt ist sie auch tot.«

Wafzig weiß, dass Christiane Schmidt aus unmittelbarer Nähe mit zwei Schüssen ins Herz getötet wurde. Katharina schweigt erneut, und der Kommissar bemerkt, dass sie nun immer öfters besorgt zu ihrem Bruder schaut. Der alte Mann hat die Hände um seinen Körper geschlungen und wiegt sich leise summend hin und her.

Leise spricht Katharina weiter: »Ich blieb unter meinem Überwurf regungslos liegen. Irgendwann, es muss nach einer, anderthalb Stunden gewesen sein, war alles vorbei. Die Mörder waren weg. Ich habe noch Stimmen auf dem Hof gehört, dann war es still. Erst dann hörte ich das leise Stöhnen neben mir. Es war unser Knecht Willi. Er wimmerte: ›Ein Kissen, ein Kissen.‹ Ich traute mich aber noch nicht aufzustehen. Dann ist die kleine Theresa von oben im Nachthemd gekommen. Sie blutete am Kopf. Aber sie hat Willi ein Kissen gebracht und es ihm unter den Kopf geschoben. Sie ist dann wieder nach oben.«

Katharina macht erneut eine Pause.

»Ich weiß nicht, wie lange ich da in der Küche lag. Irgendwann war ich in der Lage, mich zu bewegen. Ich habe aus dem Fenster geschaut und bin dann durch die Haustür aus dem Haus und wie von Sinnen über die Felder zu unseren Verwandten nach Nickenich gelaufen. Zum Glück kannte ich den Weg gut, denn es war stockfinstere Nacht. Wir haben dann die Polizei in Andernach angerufen. Aber die war schon alarmiert. Erst später habe ich erfahren, dass der Kölner Christian Gerb auch überlebt hatte und nach Eich gelaufen war, um Hilfe zu holen. Ich erfuhr auch, dass unser Knecht Willi Schoof einen Steckschuss in der Halswirbelsäule erlitten hatte. Er ist am nächsten Tag im Krankenhaus seinen schweren Verletzungen erlegen, ebenso wie die Luci Puhlheim. Und der Junge ist schon auf dem Weg ins Krankenhaus gestorben, er hatte einen Bauch- und Lungendurchschuss.«

Katharina ist nun sichtlich mitgenommen. Schon eine ganze Weile knetet sie ihre Hände. Wafzig will es deshalb für heute dabei belassen. Er würde zwar gerne noch nach der Beschreibung der Täter fragen, denn vielleicht erinnert sich Katharina an das eine oder andere Detail, das sie bei den ersten Befragungen verdrängt hatte. Aber das hat auch Zeit bis morgen.

»Frau Windheuser, ich denke, das ist für heute genug. Wir reden morgen weiter, wenn Sie einverstanden sind.«

Katharina schreckt auf. Sie schaut wieder kurz zu Hanni und dann zu Wafzig.

»Ich weiß nicht, Herr Kommissar, ob ich das noch mal kann. Ich habe geglaubt, ich hätte meinen Frieden gefunden. In all den Jahren habe ich versucht, nicht an jenen schrecklichen Abend zu denken. Und ich will das auch nicht mehr. Jetzt ist aber alles wieder da, der Schmerz, die Trauer und die Angst.«

Deshalb das Eisentor zum Hof und das Klopfen an der Tür, denkt Wafzig.

»Und schauen Sie sich Hanni an«, fährt Katharina fort, »er hat alles mitbekommen. Und für ihn war damals alles noch viel schlimmer. Er hat sehr an unserer Mutter und unserem Bruder gehangen.«

Wafzig weiß nicht, was er sagen soll. Er braucht die Beschreibung der Täter durch Katharina und Hanni. Er schaut die Frau an, die ihm so stark und unbeugsam vorgekommen war.

»Überlegen Sie es sich, Frau Windheuser. Reden Sie mit Ihrer Schwester. Ihre Aussage bezüglich der Täter wäre von enormer Wichtigkeit. Ich komme morgen vorbei, und dann sehen wir weiter. Aber nun kümmern Sie sich um Ihren Bruder.«

Katharina nickt. »Einverstanden, dann bis morgen.« Dann eilt sie zu Hanni. Beim Hinausgehen sieht Wafzig noch, wie sie ihn liebevoll umarmt.

1. APRIL 1946
WLADIMIR

Es war Neumond. Genau deshalb hatten sie diese Nacht für ihren Überfall ausgesucht. Auf der Anhöhe rund um das Burgerhaus war es stockfinster, eine ideale Nacht, um unerkannt zu entkommen. Auf dem vorher abgesprochenen Fluchtweg nach Nickenich liefen sie jetzt schon eine gefühlte Ewigkeit unter der Telefonleitung her, die über ihnen hing; sie hatten sie vorsichtshalber bereits auf dem Weg zum Burgerhaus gekappt. Niemand vom Burgerhaus sollte die Polizei verständigen können. Aber das war jetzt ohnehin nicht mehr möglich. Die Leute waren wahrscheinlich alle tot, und das Telefon im Haus hatte Michail vorsichtshalber zerstört. Wladimir kratzte den letzten Rest Schweinemett aus der Dose und warf sie dann achtlos weg.

Er hörte Michail vor sich fluchen. »Pidez! Scheiße!« Recht hatte er! Wladimir verwünschte den Bauern und seine ganze Bagage. Nichts hatte man gefunden außer einem Radioapparat, einem roten Akkordeon, einem Schulranzen und einem Bügeleisen; außerdem Schuhe, Anzüge, Hemden und Unterwäsche. In einen Koffer aus der Dachkammer stopften sie einen Teil der Kleidung. Der Rest wanderte in ihre Seesäcke, gemeinsam mit den erbeuteten Lebensmitteln, kiloweise Butter, ein ganzer Schinken und mehrere Dosen mit Schweinefleisch. Aber von den zwölftausend Reichsmark, von denen der Skatfreund des Bauern gesprochen hatte, keine Spur. Und es gab auch keine Wertgegenstände bis auf die mickrige Brosche, die sie im Schulranzen gefunden hatten. Von wegen Goldgrube! Das ganze Unternehmen war ein Reinfall gewesen.

Am Vormittag waren sie vom Lager losgegangen, er, Michail, zwei weitere Russen und drei Polen. Wladimir kannte sie von früheren Raubzügen. Fedor und Pawel, zwei der Polen, hatten auch zu der Bande gehört, mit der er das Burgerhaus im letzten Juli schon einmal überfallen hatte. Damals hatten Fedor und Pawel das Schwein getötet und dabei mehr Schüsse abgegeben als nötig. Sie hatten das Fleisch aber trotzdem noch auf dem Schwarzmarkt verkaufen können.

Auf ihrem Hinweg zum Burgerhaus waren sie heute dummerweise einem Mann begegnet, der Löwenzahn am Wegesrand gestochen hatte. Sie stritten darüber, ob er sie bemerkt hatte oder nicht. Michail hatte gemeint, er könne sich bestimmt nicht an ihre Gesichter erinnern. »Höchstens an deinen albernen Hut, Alexander.« Der große Russe war daraufhin fast auf Michail losgegangen. Wladimir fürchtete allerdings, dass sich der Mann noch viel besser an die amerikanischen Uniformen von Michail und ihm erinnern würde, die sie nach ihrer Befreiung von den Amis erhalten hatten. Denn was sie damals am Leib getragen hatten, waren nur noch Lumpen.

Unterhalb des Burgerhauses versteckten sie sich in einem kleinen Wäldchen. Michail und Alexander gingen los, um die Lage zu erkunden. Wladimir wusste vom letzten Mal, dass man über das Holztor leicht zum Hof einsteigen konnte. In das Haus wollten sie dann über die Hintertür eindringen. Am frühen Abend kamen Michail und Alexander zurück.

»Am Burgerhaus ist alles ruhig, das Vieh versorgt und die Bewohner im Haus«, sagte Michail. »Am Nachmittag sind allerdings vier Leute angekommen, zwei Frauen, ein Mann und ein Junge. Alle mit Rucksäcken, wahrscheinlich Hamsterer. Aber ob nun vier mehr oder weniger, das ist jetzt auch schon egal. Wir holen uns die zwölftausend Reichsmark.«

Wladimir wusste, dass keiner der sechs anderen Skrupel hatte, dafür seine Waffe zu benutzen. Und er auch nicht. Wie hatte er damals in Saratow glauben können, die Deutschen wären seine Freunde? Sie waren Erzfeinde. Sie hatten ihn in die Zwangsarbeit verschleppt und seinen besten Freund getötet. Aber jetzt gehörten er und all die anderen Russen, Ukrainer und Polen zu den Siegern über Nazi-Deutschland. Die Deutschen mussten nun bezahlen für all das Elend und Leid, das sie ihnen, den »Volksfeinden«, angetan hatten. Erfüllt von seiner Wut und seinem Hass auf alle Deutschen, folgte Wladimir Michail vom Wald hinauf zum Burgerhaus.

Der Einstieg über das hölzerne Tor war ein Kinderspiel. Fedor und Witek, der dritte Pole, blieben mit Stanislaw im Hof, um Schmiere zu stehen. Zu viert drangen sie in das Haus ein: er, Michael, Alexander und Pawel. Aus einem der Räume im Erdgeschoss kamen Stimmen.

Michail fackelte nicht lange und öffnete die Tür. »Hände hoch«, schrie er auf Deutsch, »alle auf den Boden!« Alle befolgten seine Anweisungen, nur der Mann am Kopfende des Tisches nicht. Das war offenbar der Bauer. »Wo Geld?«, herrschte Michail ihn an. Aber der Bauer schüttelte nur den Kopf. Daraufhin ging Michail auf ihn zu, schrie: »Du Kapitalist!«, setzte ihm die Pistole an die Schläfe und drückte ab.

Danach schrie eine Frau vollkommen hysterisch, sie wolle zu ihren Kindern nach oben. Michail bedeutete ihr mit einem Wink, dass sie gehen könne. Dann ging es richtig los. Wie entfesselt eröffneten sie zu viert das Feuer auf die Deutschen in der Küche. Schon nach den ersten Schüssen war der Pulverdampf so dicht, dass Wladimir nichts mehr erkennen konnte. Er hatte keine Ahnung, ob er jemanden getroffen hatte, aber auf jeden Fall lagen danach alle auf dem Boden und rührten sich nicht mehr. Sie waren offenbar tot. Alexander und Pawel nahmen ein paar Kleidungsstücke von der Garderobe im Flur und warfen sie über die reglosen Körper. Warum, das hatte sich Wladimir noch gefragt. Konnten sie die Gesichter der toten Deutschen nicht ertragen? Michail und er gingen dann nach oben, während Alexander und Pawel die anderen Räume im Erdgeschoss inspizierten.

Oben trafen sie in einem der Zimmer auf eine alte Frau. Sie kniete vor ihrem Bett und betete, neben ihr ein jüngerer Mann, der sich eigenartig hin und her wiegte. Sie fackelten nicht lange und schossen. Die Alte sackte neben ihrem Bett zusammen, der Mann blutete aus dem Kopf und wimmerte noch leise. Wahrscheinlich war er inzwischen auch tot.

Im nächsten Zimmer war die Frau aus der Küche mit ihren drei Kindern. Als sie kamen, schrie sie auf und warf sich über den Säugling und die beiden anderen Kinder. Wladimir fragte sie auf Deutsch: »Wo ist das Geld versteckt?« Sie hätten kein Geld, behauptete sie und bettelte wimmernd um das Leben ihrer Kinder. Michail machte das Licht im Zimmer aus und schloss die Tür. Er schaute Wladimir grinsend an, öffnete die Tür wieder, leuchtete mit der Taschenlampe auf die Frau, und sie feuerten gemeinsam mehrere Schüsse ab. Die Frau bäumte sich auf, schrie und begrub ihre Kinder unter sich. Im nächsten Zimmer stießen sie auf eine alte Frau, die sich anschickte, in einem hässlichen schwarzen Kittel ins Bett zu gehen. Wieder schossen beide auf die Alte, die blutend zusammensank. Ganz oben in einer Dachkammer trafen sie auf einen alten Mann, der schlafend im Bett lag. Michail bedeutete Wladimir, ihn zu erschießen. Es ging ganz schnell, Pistole an die Stirn und schießen. Der Alte zuckte nur einmal kurz und war tot.

Wladimir marschierte weiter. Hinter Nickenich wollten sie sich erst einmal im Wald verstecken und danach weitersehen. Zurück nach Niederlahnstein wollten sie jedenfalls nicht. Die Lager wurden jedes Mal durchkämmt, wenn wieder irgendwo ein Hof überfallen worden war und der Bauer und andere dabei sterben mussten. Die Franzosen hatten durchaus den einen oder anderen aus Niederlahnstein bereits inhaftiert, auch wenn sie es in der Regel mit den Durchsuchungen der Lager nicht ganz so genau nahmen. Aber nach all den Toten im Burgerhaus würden die Franzosen sicher gründlicher nachforschen.

Wladimir war noch immer wütend. Wenn sie nur das Geld gefunden hätten! Dann könnte er jetzt mit Michail nach Amerika! Er schimpfte vor sich hin. »Scheiß Bauer, scheiß Deutsche! Wo hatten sie das Geld versteckt?« Das war es erst mal mit seinem Traum von einem neuen Leben.

10. JUNI 1964
ANDERNACH

Die Einrichtung im Café Winghardt am Marktplatz in Andernach ist schon etwas in die Jahre gekommen. Der grüne Samt auf Bänken und Stühlen ist abgewetzt und die verschnörkelte rosa Tapete vom Rauch gelblich verfärbt. Aber auf den Tischen stehen kleine Vasen mit frischen Blumen. Wafzig nimmt an einem der Fenster Platz. Ganz gegen seine Gewohnheit bestellt er sich das kleine Frühstück, ein Kännchen Kaffee mit Brötchen und Marmelade. Leider sieht er durch die Nylongardinen nur wenig vom Treiben auf dem Platz. Aber er will ohnehin noch einmal die Notizen lesen, die er sich von der gestrigen Vernehmung Katharina Windheusers gemacht hat. Er hofft, dass die Schwester des ermordeten Bauern tatsächlich noch einmal mit ihm spricht und er mehr über die Täter erfährt.

Nach dem Frühstück und einer ganz in Ruhe und genussvoll gerauchten Stuyvesant macht er sich erneut auf den Weg hinauf zum Burgerhaus. Auf der Fahrt denkt der Kommissar über die Frau nach, die fast ihre gesamte Familie in jener mörderischen Nacht verloren hat. Dennoch hat sie es geschafft, sich und ihrem Bruder ein

Weiterleben zu ermöglichen. Sie hat den grausamen Tod der Mutter, des Bruders, der Tante und all der anderen offensichtlich tief in ihrem Inneren vergraben. Wafzig weiß, dass er gestern mit der Vernehmung ihre schrecklichsten Erinnerungen wieder wachgerufen hat. Falls sie nicht mehr mit ihm sprechen will, muss er das verstehen – auch wenn er hofft, dass sie ihn noch einmal empfängt.

Diesmal öffnet ihm Hildegard Bengert die Tür, eine rundliche Frau mit einem offenen, freundlichen Lächeln für den Besucher. Sie ist ganz anders als ihre Schwester, denkt Wafzig und folgt ihr in den Flur.

»Meine Schwester ist bereit, noch einmal mit Ihnen zu sprechen«, eröffnet ihm Frau Bengert und führt ihn in die Gaststube zu Katharina und Hanni. Dann verschwindet sie in die Küche, wo sie offenbar Schnittchen für die Wanderer vorbereitet, die bei Wafzigs Ankunft auf der kleinen Terrasse vor dem Haus gesessen haben.

In der Stube bietet sich Wafzig das gleiche Bild wie tags zuvor. Hanni sitzt in sich versunken auf seiner Bank, vor sich ein halb volles Glas Bier. Katharina erwartet ihn hingegen aufrecht sitzend auf ihrem Stuhl und bedeutet ihm mit einem Nicken, ebenfalls Platz zu nehmen. »Wir können reden«, sagt sie und rückt sich auf ihrem Stuhl zurecht. Heute ist sie gefasster als am Vortag. Offensichtlich hat sie sich auf ihre heutige Aussage vorbereitet. Mit nüchternen Worten beschreibt sie Wafzig die vier Männer, die damals in die Küche des Burgerhauses eingedrungen waren.

»Zwei der Täter trugen gelblich-braune Uniformen, ähnlich wie die der Amerikaner. Der eine der beiden anderen trug einen hellen Sommeranzug und einen hellen Sporthut mit schmaler Krempe. Der andere war auch in Zivil gekleidet, aber dunkel. Einer der beiden in Uniform war klein und untersetzt, hatte braune Locken, ein kantiges Gesicht und harte Augen. Der zweite war von normaler Statur. Er hatte ein hübsches Gesicht mit weichem, vollem Mund und straff nach hinten gekämmten, welligen Haaren. Der mit dem Sommeranzug war groß, so ein Meter fünfundachtzig, der andere in Zivil deutlich kleiner.«

Das Alter der Täter schätzt Katharina auf fünfundzwanzig bis dreißig Jahre. Die Täter sprachen polnisch oder russisch miteinander – so genau könne sie das nicht unterscheiden. Aber einer konnte auch Deutsch.

»Das war der Hübsche. Er hat, nachdem sein Kumpan meinen Bruder Walter erschossen hatten, geschrien: ›Wo habt ihr das Geld versteckt?‹ Wir konnten aber nicht antworten, denn wir hatten kein Geld versteckt. Er hat dann, auch auf Deutsch, dasselbe die arme Elli gefragt. Sie hat das später zu Protokoll gegeben. Auf jeden Fall wurden sie sehr wütend, als niemand von uns antwortete. Sie haben danach, wie ich ja gestern schon gesagt habe, sofort auf uns geschossen.«

Wafzig legt Katharina nun die Fotos der Verdächtigen vor, die im Laufe der Ermittlungen in das Visier der Ermittler geraten waren und die er aus der Akte mitgebracht hat. Als sie die Aufnahmen betrachtet, entschuldigt sie sich zu seinem Erstaunen.

»Man hat uns ja mehrmals vernommen, zuletzt sogar noch Anfang der Fünfzigerjahre. Aber ich erinnere mich, dass mir bei einer der Befragungen durch die französische

Gendarmerie – es muss 1948, zwei Jahre nach dem Überfall, gewesen sein – auch Fotos gezeigt wurden. Ich habe damals zwei Männer erkannt. Als man mich danach zu einer Gegenüberstellung mit den beiden ins Gefängnis nach Diez gebracht hat, wo sie offenbar wegen anderer Delikte einsaßen, kamen sie mir allerdings viel kleiner vor als die Männer, die uns überfallen hatten. Ich habe jedoch später viel darüber nachgedacht. Ich lag ja damals auf dem Boden. Und aus der Perspektive sahen die Täter wahrscheinlich einfach größer aus, vor allem der eine. Heute bin ich mir sicher, dass die beiden, die mir in Diez vorgeführt wurden, zu den Mördern von damals gehörten.«

Wie Wafzig inzwischen aus den Akten weiß, waren diese Männer Pawel Gerassimov und Alexander Bukov. Katharina Windheuser zeigt danach auf das Foto eines Mannes namens Michail Nemzow und auf die Gefängnisaufnahme von Wladimir Inguschin. Die beiden waren in den Fünfzigerjahren ins Visier der Ermittler geraten. Michail Nemzow, so erklärt Katharina zu Wafzigs Erstaunen, sei der Mörder ihres Bruders. Sie erinnere sich nämlich, dass der tätowiert gewesen sei, und zwar an der rechten Hand, mit der er auf Walter geschossen habe. Was die Tätowierung genau darstellte, das habe sie allerdings nicht erkennen können.

»Vielen Dank, Frau Windheuser. Ich weiß, dass ich Ihnen sehr viel zugemutet habe. Aber ich verspreche Ihnen, ich werde alles daransetzen, die Mörder zu finden. Ich hoffe sehr, dass Sie danach endlich abschließen können mit dem, was damals geschehen ist.«

Katharina sieht ihn nur an, und Wafzig erkennt, dass sie trotz des äußeren Anscheins nie ganz mit dem grausamen Verbrechen wird abschließen können. Fast bereut er deshalb seine Worte. Er bittet Katharina dennoch, ihn zu Hanni am Nebentisch zu begleiten, dem er ebenfalls die Fotos vorlegen will. Sie legt den Arm beruhigend um die Schulter des Bruders und spricht leise auf ihn ein. Hanni zeigt, zitternd und vor sich hin murmelnd, schließlich auch auf Michail Nemzow und Wladimir Inguschin. Wafzig ist zufrieden, er packt die Fotos zusammen und bedankt sich noch einmal bei Katharina. Sie nickt ihm lediglich zu, Hanni noch immer im Arm.

Bevor er das Haus verlässt, geht Wafzig noch einmal in der Küche bei Hildegard Bengert vorbei. Sie kramt einen Zettel aus ihrer Schürzentasche mit der Telefonnummer und der Adresse von Christian Gerb in Köln. Um beides hatte er sie bei seiner Ankunft gebeten.

Zurück in der Pension Zur guten Quelle, überlegt der Kommissar, ob er Frau Kipper bitten soll, von ihrem Apparat Christian Gerb anrufen zu dürfen. Dann könnte er gleich ein Treffen für einen der nächsten Tage in Köln ausmachen. Er verwirft den Gedanken jedoch schnell, denn mehr als die Wirtin bereits mitbekommen hat, muss sie über seine Ermittlungen nicht wissen. Inzwischen ist es ohnehin später Nachmittag, und Wafzig merkt, dass er hungrig ist. Er beschließt, in einem der Gasthäuser in der Innenstadt etwas zu essen. In der Alten Post wird ihm ein Strammer Max serviert, mit zwei Spiegeleiern und reichlich Schinken. Dazu gönnt sich der Kommissar zwei frisch gezapfte Biere und zum Abschluss sogar noch einen Doppel-Wacholder.

Der laue Abend ist zu schön, um gleich in die Pension zurückzukehren. Wafzig beschließt, über die Rheinauen zum Alten Krahnen, einem steinernen Kran aus dem 16. Jahrhundert, mit dem früher die Rheinschiffe be- und entladen wurden, zu spazieren. Als er in die Obere Fischgasse einbiegt, erinnert er sich an die Erzählung des Großvaters. Der hatte ihm erklärt, dass die Gasse zu einer der vierzehn Nachbarschaften von Andernach gehörte. Diese Gemeinschaften kümmerten sich um ihr Viertel und um die Belange seiner Bewohner, einst sprachen ihre Amtsträger sogar Recht, und alle Nachbarschaften waren für die Bekämpfung von Bränden und für die Verteidigung der Stadtmauer zuständig. Noch ganz in Gedanken, erreicht er den Fluss mit den grünen, fruchtbaren Hügeln auf beiden Seiten. Er hält am Alten Krahnen. Hier hat er früher oft mit dem Großvater gesessen, um die Schiffe auf dem Rhein zu beobachten. Sein Jungentraum war gewesen, einmal mit einem Lastkahn bis nach Holland zu schippern.

Es ist Zeit, in die Pension zurückzukehren und sich auf morgen vorzubereiten. Denn für den nächsten Tag ist er mit Richard Pickel verabredet. Der ehemalige Chef der Andernacher Polizei war am 2. April, kurz nach Mitternacht, gemeinsam mit dem Amtsarzt als Erster am Tatort gewesen. In den Fünfzigerjahren hatte er dann den Polizeidienst quittiert. Inzwischen lebt er in Nickenich, wo er den Dorfladen betreibt.

13. JULI 1946
WLADIMIR

Wladimir war nun schon seit über drei Monaten im Wald bei Namedy. Nach ihrem Überfall auf das Burgerhaus hatte sich die Bande für ein paar Tage in einer verlassenen Hütte bei Nickenich versteckt. Danach waren sie über den Kranenberg, vorbei an der Hohen Buche und dann Richtung Fornich marschiert. Der Weiler war 1945 bei einem alliierten Bombenangriff fast völlig zerstört worden, sie fanden Unterschlupf in einer der Kriegsruinen. Die drei Polen hatten vorgeschlagen, sich einer Bande von Landsleuten im Wald von Namedy anzuschließen. Dort hatten mehrere Polen ein Lager für ihre Raubzüge auf die umliegenden Höfe eingerichtet. Nach einigem Hin und Her und heftigem Palaver auf Polnisch hatten ihnen die Polen Unterschlupf gewährt. Wladimir war überzeugt, dass dazu sicher auch die Dosen mit Schweinefleisch und der Schinken von ihrem Überfall auf das Burgerhaus beigetragen hatten.

Jetzt waren sie allerdings nur noch zu viert. Stanislaw und Witek hatten sich bereits nach ein paar Tagen aus dem Staub gemacht – und dabei das rote Akkordeon aus der Burgerhaus-Beute mitgehen lassen. Und seit drei Tagen war auch Michail verschwunden. Eines Morgens war er einfach nicht mehr da gewesen. Dabei hatten sie die letzten vier Jahre, seit ihrer gemeinsamen Zeit als Zwangsarbeiter, wie Brüder verbracht. »Wir gehen gemeinsam nach Amerika«, hatte ihm Michail doch wieder und wieder versichert.

Wladimir nahm sich einen Becher von der dünnen Suppe aus dem Kessel über der Feuerstelle. Er musste nachdenken. Abseits von den anderen setzte er sich auf seine Decke. Was sollte er jetzt tun? Ohne Michail, der immer einen Plan hatte? Hierbleiben konnte und wollte er nicht. Zwar war er bei dem einen oder anderen Überfall der Polen auf eines der Gehöfte in der näheren Umgebung dabei gewesen, aber so richtig hatten sie ihn, den Wolgadeutschen, immer noch nicht akzeptiert. Aber zurück ins Lager Niederlahnstein wollte er auf keinen Fall. Er hatte keine Lust mehr auf das Lagerleben. Er musste in eine große Stadt, am besten nach Köln, in die britische Zone. Danach würde er weitersehen.

Bis dahin würde er mit den Polen noch ein paar Diebstähle begehen, um seine Kasse aufzustocken. Die Bauern und alle Männer waren jetzt tagsüber auf den Feldern, um Heu und Getreide einzuholen. Den Frauen und den Alten, die allein auf den Höfen zurückgeblieben waren, musste man nur die Pistolen vor die Nase halten, und sie räumten Speisekammer, Truhen und Schränke leer. Die Überfälle waren einfach und lohnend. Denn Lebensmittel und Kleidungsstücke fanden zuverlässige Käufer auf dem Schwarzmarkt.

Seit dem Überfall auf das Burgerhaus hatte Wladimir seine P08 nicht mehr ernsthaft benutzen müssen. Hin und wieder dachte er an die Toten vom Burgerhaus und an den Alten, wie der dann mit einem Loch in der Stirn tot in seinem Bett gelegen hatte. Bei dem Gedanken empfand er keinerlei Reue. Der Alte war, wie die anderen auch, ein Deutscher. Sie alle waren schuld an seinem Schicksal, schließlich hatten sie ihn verraten. Die Deutschen waren es gewesen, die ihn verschleppt und seinen Freund Oleg erschossen hatten. Dabei hatte er noch bei seiner Flucht aus Saratow geglaubt, sie wären Verbündete im Kampf gegen Stalin und sein Terrorregime.

Wladimir konnte die Gedanken an Oleg und seine Ermordung nicht vergessen. Auch jetzt musste er unwillkürlich an den September vor fünf Jahren denken. Damals waren Oleg und er unter entsetzlichen Strapazen von Saratow nach Charkow marschiert. Immer auf der Flucht vor den Soldaten der Roten Armee, geplagt von Hunger und kalten Nächten. Wenn sie Glück hatten, fanden sie auf den Feldern noch ein paar Kartoffeln oder Zuckerrüben. Hin und wieder fing Oleg sogar ein Kaninchen mit einer Drahtschlinge. Oleg war es auch, der bei Bauern um Essen bettelte oder darum, bei ihnen in der Scheune schlafen zu dürfen. Er hielt Fuhrwerke an, die sie ein paar Kilometer mitnahmen, und bereitete notdürftige Nachtlager aus Laub und Reisig.

Nach fast zehn Wochen kamen sie endlich, ausgezehrt und mit blutenden Füßen, in einem kleinen Dorf nördlich von Charkow an. Die letzten Tage hatten sie, versteckt am Straßenrand, immer wieder Kolonnen von Rotarmisten gesehen, die mit vollgepackten Pferdefuhrwerken und Lastwagen in Richtung Osten marschierten. In dem Dorf erfuhren sie dann, dass die Deutschen nach heftigen Kämpfen die Rote Armee besiegt und am 24. Oktober Charkow erobert hatten. »Endlich«, hatte Wladimir zu Oleg gesagt, »wir sind zu Hause – im Deutschen Reich. Stalin ist erledigt, Saratow ist sicher bald deutsch. Dann können wir wieder heim.« Sie hatten sich fest umarmt und sogar einen kleinen Freudentanz aufgeführt.

Voller Zuversicht kamen sie einige Tage später in Charkow an. Doch die einstige Handels- und Industriemetropole war nur noch ein Trümmerfeld. Nach Stalins Befehl, den deutschen Eroberern nur »verbrannte Erde« zu hinterlassen, hatte die Rote Armee alle Maschinen aus den Fabriken abtransportiert und die Infrastruktureinrichtungen zerstört. Selbst die Fabrik, in der Russlands Panzer T34 gebaut wurde, war inzwischen komplett leer geräumt. In der Stadt gab es weder Strom noch Wasser und kein Brennmaterial, auf den Straßen sah man überwiegend Frauen, Kinder und alte Männer. Wer arbeiten konnte, wurde von der Wehrmacht zum Straßenbau abkommandiert, und wer sich den deutschen Befehlen widersetzte oder plünderte oder stahl, wurde nicht selten öffentlich hingerichtet.

Aus den deutschen Befreiern, von denen man sich nach dem staatlich verordneten Hungertod von Millionen von Ukrainern endlich die Beendigung der Terrorherrschaft Stalins erhoffte, und die man nach altem Brauch sogar mit Salz und Brot empfangen hatte, waren nach nur wenigen Wochen grausame Besatzer geworden.

Auch Wladimir und Oleg mussten im Straßenbau arbeiten – ohne Lohn und ausreichend Essen. Was sie bekamen, waren die Abfälle der Deutschen: ranziges Fett, Blut und ungenießbare Innereien, hin und wieder den Kadaver eines verendeten Pferdes. Grausame Geschichten machten zudem bald die Runde: Die jüdischen Bewohner der Stadt würden zu Hunderten in die Schlucht von Drobyzkyj Jar gebracht und dort erschossen. Wladimir war fast froh, als es eines Tages hieß, sie würden nun zum Arbeitseinsatz ins Deutsche Reich gebracht.

Gemeinsam mit Oleg fand er sich am Bahnhof ein, wo sie Güterzüge nach Westen besteigen sollten. Unter den Wartenden waren viele Frauen und Kinder, die vom Wachpersonal und den Männern der SS in die Waggons getrieben wurden. Doch plötzlich, ohne dass Wladimir verstand, was passierte, drehte Oleg durch. Kurz vor der Rampe in den Güterwaggon begann er wie von Sinnen immer wieder zu schreien: »Ich will nicht«, drehte sich um und versuchte zu fliehen. Er kam nicht weit. Die Wehrmachtssoldaten legten an und feuerten ihre Karabiner ab. Tödlich getroffen fiel Oleg mit dem Gesicht nach unten auf den Bahnsteig. Wladimir wollte zu dem am Boden liegenden Freund eilen, doch da versetzte ihm ein Soldat einen Stoß mit dem Gewehrkolben. »Dawei, dawei, in den Zug!« Wladimir sah beim Einsteigen noch, wie der Soldat einem Ukrainer befahl, den Leichnam wegzuschaffen.

Auf der tagelangen Fahrt nach Westen war Wladimir wie betäubt gewesen. Schon damals hatte er den Deutschen erbarmungslose Rache geschworen.

11. JUNI 1964
NICKENICH

Hinter dem Steuer seines Taunus, auf dem Weg nach Nickenich, denkt Wafzig über das anstehende Gespräch mit Richard Pickel nach. In dessen alter Personalakte hat er gelesen, dass Pickel kein ausgebildeter Polizist gewesen war, als die Franzosen ihn auf den Posten des Leiters der Andernacher Polizei gesetzt hatten. Pickel hatte jedoch als politisch unverdächtig gegolten. Er war zwar Soldat in der Wehrmacht gewesen, aber nie Mitglied in der NSDAP. So wurde aus dem gelernten Verwaltungsangestellten ein Polizeichef. Die meisten Posten in Polizei und Verwaltung waren noch lange nach dem Krieg mit ehemaligen Nazis, die dem Regime willfährig gedient hatten, besetzt, da die alliierten Militärverwaltungen auf die ausgebildeten Beamten, Polizisten, Staatsanwälte und Richter angewiesen waren, um Recht und Ordnung in ihren Besatzungszonen durchzusetzen. Wer halbwegs unbelastet war oder seine dunkle Vergangenheit geschickt verleugnen konnte, blieb auf seinem Posten. So kam es, dass viele der ehemaligen Nazis dann noch in der Bundesrepublik, zumeist befördert in höhere Ränge, in ihren Behörden arbeiteten.

Pickel hatte den Polizeidienst inzwischen quittiert. Aber, so hat er Wafzig am Telefon versichert, er erinnert sich noch gut an die Zeit als Chef der Andernacher Polizei. Er musste damals eng mit den Kollegen der Gendarmerie zusammenarbeiten, die für die Aufklärung der Delikte von Displaced Persons zuständig waren. Wafzig hofft, dass Pickel ihn über die Ermittlungen der Franzosen ins Bild setzen und ihm vielleicht auch erklären kann, warum er beim Lesen der französischen Protokolle das Gefühl nicht loswurde, dass die Gendarmerie nur wenig Interesse an der Aufklärung der Burgerhaus-Morde hatte.

Wafzig parkt den Wagen in der Kirchgasse vor einem der vielen für die Region typischen Krotzenhäuser, gebaut aus schwarzer Basaltlava aus den heimischen Steinbrüchen. Als er den kleinen Dorfladen betritt, den Richard Pickel nach seinem Ausscheiden aus dem Polizeidienst übernommen hat, muss er sich nach dem hellen Sonnenlicht draußen erst an das Dunkel des Ladens gewöhnen. Pickel steht hinter der Verkaufstheke und schreibt in ein dickes Heft. Mit seiner runden Nickelbrille, dem Haar, das er sorgfältig über die kahle Stelle am Kopf gekämmt hat, und dem weißen Kittel macht er so gar nicht den Eindruck eines Mannes, der einst auf Verbrecherjagd gegangen ist. Als der Lebensmittelhändler den Kommissar bemerkt, legt er eilig den Block zur Seite und schüttelt Wafzig über den Tresen hinweg, zwischen Bonbongläsern und Jutesäckchen mit getrockneten Bohnen und Linsen, eifrig die Hand.

»Sie sind Kommissar Wafzig aus Koblenz! Warten Sie doch bitte einen Moment, ich hole nur schnell meine

Frau, dann gehen wir nach oben.« Schnell zieht Pickel seinen weißen Kittel aus, hängt ihn sorgfältig an einen Haken und verschwindet hinter einer Tür an der Rückwand des Ladens. Kurz darauf kehrt er mit einer immer noch ansehnlichen blonden Frau Mitte fünfzig zurück.

»Darf ich Ihnen meine Frau Maria vorstellen?«

Wafzig begrüßt sie höflich und folgt dem einstigen Polizeichef durch die Hintertür zu einer Treppe in die über dem Laden liegende Wohnung.

»Bitte nehmen Sie Platz.« Pickel macht eine einladende Bewegung mit der Hand.

Wafzig setzt sich in einen der beiden braunen Sessel und sieht sich neugierig um. Die Einrichtung erscheint ihm gediegen. Dem einstigen Polizisten, denkt er, scheint es nicht schlecht zu gehen. Ein möglicherweise echter Perserteppich, Möbel aus dunklem Teak, in einer Ecke ein Fernsehgerät der Marke Löwe Opta. Wafzig weiß, was so ein Gerät kostet. Er hat sich selbst erst vor drei Jahren ein Fernsehgerät angeschafft, das jetzt noch in seiner alten Wohnung in Mainz steht. Die neunhundert Mark hatten damals einen Gutteil seiner Ersparnisse verschlungen. Anfang dieses Jahres hat er sich dann aber sogar noch für achtzig Mark einen UHF-Vorsatzkonverter einbauen lassen. Damit kann er jetzt das im vergangenen Jahr gestartete Zweite Deutsche Fernsehen mit dem Aktuellen Sportstudio empfangen. Über die Berichte von der neu gegründeten Fußball-Bundesliga hatten sich die Kollegen in Mainz jeden Montag begeistert ausgetauscht.

Mit der Bemerkung: »Den Kuchen hat meine Frau gemacht«, holt ihn Pickel aus seinen Gedanken. Der einstige Polizeichef von Andernach stellt Kaffee und Streuselkuchen auf den Tisch. Als Sohn eines Konditors hat Wafzig eine Schwäche für Kuchen und Torten. Er kann auch jetzt nicht widerstehen und lädt sich ein großes Stück auf den Teller.

»So, Sie wollen also die Burgerhaus-Morde aufklären«, wendet sich Pickel an ihn.

Wafzig nimmt hastig einen Schluck Kaffee, um das trockene Kuchenstück hinunterzuspülen. »Ja, auch wenn ich weiß, dass das nach so langer Zeit mehr als schwierig werden wird.«

Pickel nimmt seine Brille ab, schaut nachdenklich durch die Gläser und setzt das kleine runde Gestell dann zurück auf seine Nase.

»Diesen Einsatz werde ich wohl nie vergessen. Es war damals eine chaotische Zeit, die vielen Flüchtlinge, die Heimatvertriebenen und die ganzen Kriegsgefangenen und Zwangsarbeiter aus den Lagern. Alle hatten Hunger, die Lebensmittelrationen waren streng begrenzt, und den Menschen blieb nichts anderes übrig, als sich selbst zu helfen. Sie stahlen Lebensmittel, Holz und Kohlen, wo immer sie konnten.«

Pickel bemüht sich um einen mitfühlenden Gesichtsausdruck, ehe er weiterspricht: »Aber besonders schlimm waren die Insassen der Lager, die Displaced Persons. Sie waren besser als wir mit Lebensmitteln versorgt, aber das hielt sie nicht von Raubzügen ab. Sie waren verroht, und sie hassten uns Deutsche. Für sie zählte ein deutsches Leben nichts! Fast wöchentlich gab es Überfälle von Insassen der DP-Lager auf die Bauernhöfe in der Umgebung, und nicht selten wurden die Bewohner einfach umgebracht.«

Wafzig sieht die lange Liste der ungeklärten Mordfälle vor sich, die er auf seinem Schreibtisch in Koblenz zurückgelassen hat. Auch Pickel ist in Gedanken, und die haben, so vermutet Wafzig, nichts mit Verständnis für die Täter und ihre Motive zu tun. Ehe Pickel noch weiter ausholen kann, ist es also Zeit, auf das Wesentliche zu kommen.

»Herr Pickel, ich würde gerne noch einmal aus Ihrem Mund hören, was Sie damals am Tatort vorgefunden und wie sich die Ermittlungen gestaltet haben. Ich kenne zwar Ihren Bericht, aber wir beide wissen ja, dass die offiziellen Protokolle die persönlichen Eindrücke und Schlussfolgerungen des Ermittlers oft nur unzureichend wiedergeben.«

Pickel fühlt sich ganz offensichtlich geschmeichelt. Betont gelassen lehnt er sich in seinem Sessel zurück, legt den linken, mit einem eleganten braunen Slipper bekleideten Fuß auf das rechte Knie und nimmt noch einmal seine Brille ab, um sie angestrengt zu betrachten. Ein Tick, denkt Wafzig und wartet geduldig, bis der Lebensmittelhändler endlich zu reden beginnt.

»Es war so gegen dreiundzwanzig Uhr, als mich der wachhabende Polizeibeamte in meiner Privatwohnung in Andernach anrief. Er meldete, dass der Bürgermeister von Eich angerufen habe. Bei ihm sei ein schwer verwundeter Mann, der aussage, dass das Burgerhaus von mindestens vier bewaffneten Banditen überfallen worden sei. Sie hätten alles niedergeschossen, er selbst sei schwer verwundet, habe sich aber bis nach Eich schleppen können und bitte nun um Hilfe. Sie wissen«, wendet sich Pickel an Wafzig, »der Mann war Christian

Gerb. Er hatte einen Durchschuss am linken Oberschenkel, den er sich selbst mit einem Küchentuch notdürftig verbunden hatte. Ich wundere mich bis heute, wie er es mit dieser Verletzung vom Burgerhaus bis nach Eich geschafft hat. Es sind zwar nur wenige Kilometer, aber die Straße ist abschüssig, und in jener Nacht war es ja auch stockdunkel.«

Dann fährt er fort: »Ich alarmierte daraufhin sofort die Kollegen, den Amtsarzt und den Krankenwagen. Ich versuchte auch die französische Gendarmerie in Andernach telefonisch zu erreichen. Dort meldete sich aber niemand. Also fuhr ich selbst dorthin. Ich musste den diensthabenden Gendarmen wecken, der dann seine Kollegen verständigte. Die waren alle zu Hause und schliefen in ihren Betten. Die Alarmierung dauerte mir zu lange, also fuhr ich zum Burgerhaus, wo der Krankenwagen und der Arzt, Dr. Nuppeney, schon auf mich warteten. Das Haus war hell erleuchtet, und man hörte schon von Weitem Kindergeschrei und Hilferufe. Ich wies die Sanitäter an zu warten und ging mit Dr. Nuppeney ins Haus. Das Bild, das sich uns bot, war furchtbar. Alle Schranktüren und Schubladen waren aufgerissen, der Inhalt wahllos auf dem Boden verstreut. In der Küche überall Blut, ein Mann lag wimmernd auf einem blutgetränkten Kopfkissen, ein Junge blutete so stark aus mehreren Schusswunden, dass wir schon gleich wussten, dass er keine Chance hatte. Auch eine Frau war schwer verletzt worden und hatte bereits viel Blut verloren. Die anderen Opfer waren mit Mänteln und Decken zugedeckt. Als wir diese wegnahmen, sahen wir, dass alle tot waren, getötet durch mehrere Schüsse.

Dr. Nuppeney rief die Sanitäter, um die Schwerverletzten abtransportieren zu lassen. Leider verstarb der Junge schon auf dem Weg zum Krankenhaus, und auch die beiden anderen haben die Nacht nicht überlebt. Ich ging hinauf in den ersten Stock. Dort fand ich in einem Zimmer die vollkommen verängstigte Elli Windheuser, die zitternd ihre Kinder in den Armen hielt. Sie und die beiden Älteren waren ebenfalls verletzt. Ich trug erst Elli mit dem Säugling und dann die Kinder nach unten zu Dr. Nuppeney, der ihre Verletzungen versorgte, bis der Krankenwagen wieder eintraf. Danach ging ich wieder hoch, in einem der Schlafzimmer kauerte der geistig behinderte Hanni neben seiner toten Mutter. Sie lag vor dem Bett, den Rosenkranz hatte sie noch in den zum Gebet gefalteten Händen. Ich hatte Mühe, Hanni nach unten zu führen. Er wollte seine Mutter nicht verlassen. Aber er blutete stark aus einem Streifschuss am Kopf. Oben fand ich dann noch die Schwester der alten Elisabeth Windheuser. Auch sie war offenbar in dem Moment erschossen worden, als sie ins Bett gehen wollte. Und ganz oben in der Dachkammer lag der Vater von Elli Windheuser tot im Bett. Ihm war direkt in die Stirn geschossen worden.«

Angesichts dieser drastischen Schilderung muss nun sogar Wafzig Luft holen. Die Fotos und Skizzen des Tatorts hatte er mit den Augen des kühlen Ermittlers betrachtet. Doch die Schilderung Pickels ist eindrücklicher als alles, was er bislang über die Opfer der grausamen Tat gehört, gelesen und gesehen hat.

Pickel schaut den Kommissar nun direkt an. »Ich konnte mir die Grausamkeit der Täter damals nur schwer erklären. Das Verbrechen war so kaltblütig, die Täter hatten wahllos und ohne Mitleid auf alle geschossen, selbst auf die alten Leute und die Mutter mit ihren kleinen Kindern. Wir gingen damals deshalb auch zunächst von einem Racheakt aus. Aber Walter Windheuser hatte seine Zwangsarbeiter immer gut behandelt und sie anständig versorgt. Die Tat war ganz bestimmt nicht persönliche Rache, das brutale Verbrechen war reiner Hass und Mordlust!«

Er hält inne und meint dann: »Wenn Sie gestatten, Herr Kommissar, mache ich eine kurze Pause. Ich hole uns einen Cognac – nach dem Kaffee und dem Kuchen können wir den, glaube ich, brauchen.«

Wafzig denkt: Nicht nur wegen des Kaffees und des Kuchens! Er zündet sich eine Zigarette an, während Pickel zwei Cognacschwenker und eine Flasche Asbach aus dem Barfach in der massiven Schrankwand holt, die eine Seite des Raums fast vollständig einnimmt.

»Zum Wohl, Herr Kommissar.«

Der Asbach brennt angenehm in der Kehle. Nach dem ersten Schluck fühlt sich Pickel offensichtlich gestärkt und fährt in seinem Bericht fort: »Für mich gab es da oben erst mal nichts mehr zu tun. Das Burgerhaus lag zwischen mehreren Gemeinden, und für solche ortsübergreifenden Ermittlungen waren die Franzosen zuständig. Ich fuhr also zurück zur Gendarmerie, in der Hoffnung, dass die Gendarmen jetzt abfahrbereit waren. Es dauerte aber noch fast eine halbe Stunde, bis wir endlich losfahren konnten. Die Gendarmen untersuchten den gesamten Hof, dann wurden aber lediglich Wachen aufgestellt.«

Pickel macht eine abfällige Geste, ehe er weiterspricht: »Ich fuhr jedenfalls nach Hause und informierte am nächsten Tag den Landrat. Man hat mir später vorgeworfen, nicht die Staatsanwaltschaft in Koblenz informiert zu haben. Aber oberster Dienstherr der deutschen Polizeibehörden war nach der französischen Polizeiverordnung nun einmal der Landrat des jeweiligen Kreises. Das habe ich auch bei der Staatsanwaltschaft zu Protokoll gegeben.«

Auch wenn das nach so vielen Jahren keine Rolle mehr spielt, ist diese Klarstellung Pickel offensichtlich wichtig. Wafzig nickt deshalb zustimmend.

»Ich bin am nächsten Tag noch einmal mit meinem fähigsten Beamten, Kriminalassistent Beyer, zum Tatort gefahren. Dort waren inzwischen auch der Landrat, Hermann-Josef Doetsch, der französische Sicherheitsoffizier sowie mit ihm mehrere Gendarmen und eine militärische Wache eingetroffen. Die Leichen wurden durch den Gerichtsmediziner nochmals untersucht und erst dann zum Einsargen freigegeben. Eine Obduktion wurde nicht gemacht. Allerdings wurden Skizzen vom Tatort angefertigt. Man stellte auch fest, dass das Telefon im Flur zertrümmert worden war. Auf dem mutmaßlichen Fluchtweg nach Nickenich wurden außerdem eine Dose mit Schweinemett und eine Flasche Himbeersaft gefunden. Ich musste dem französischen Sicherheitsoffizier aus Bad Ems dann alle sichergestellten Projektile und Patronenhülsen übergeben. Wir hatten insgesamt fünf oder sechs Geschosse und noch mehr Patronenhülsen gefunden. Danach ging der ganze Vorgang an die Franzosen über.

Pickel macht eine kurze Pause, nimmt einen kleinen Schluck vom Asbach und spricht weiter: »Meine erste Vermutung war, dass die Täter im DP-Lager Niederlahnstein zu finden sein könnten. Das sagte ich auch dem französischen Offizier. Ich hatte allerdings den Eindruck, dass der nicht wahrhaben wollte, dass DPs für den Überfall verantwortlich sein könnten. Irgendwie hatte ich das Gefühl, dass er sie schützen wollte. Oder aus welchem anderen Grund wurden schon wenige Tage nach dem Überfall zweitausend Displaced Persons aus diesem Lager nach Bayern verlegt?«

Pickel schweigt erneut einen Augenblick und meint dann: »Dieser Offizier machte auf mich jedenfalls den Eindruck, dass er kein Interesse hatte, den Fall wirklich aufzuklären. Später haben mir das sogar Offiziere bei der Militärregierung in Mayen bestätigt. Aber ich muss sagen, auch die anderen Gendarmen, die in dem Fall ermittelt hatten, waren nur leidlich um die Aufklärung des Verbrechens bemüht.« Der ehemalige Polizeichef von Andernach zündet sich eine Overstolz an, bläst den Rauch in die Luft und schaut dann Wafzig direkt in die Augen.

»Wissen Sie, was mich bis heute ärgert? DPs aus Niederlahnstein waren bereits wegen anderer Überfälle auf Bauernhöfe festgenommen und verurteilt worden. Aber statt dort nach den Tätern zu suchen, richtete sich der Verdacht der Franzosen erst einmal gegen Katharina Windheuser. Sie soll mit den Tätern gemeinsame Sache gemacht haben, weil sie als Älteste der Windheuser-Kinder dem jüngeren Bruder das Erbe neidete. Das war blanker Unsinn!«

Pickel ist darüber noch immer sichtlich erregt. »Wissen Sie, Herr Kommissar, die alte Windheuser hat noch zu Lebzeiten den Hof all ihren Kindern vermacht. Sie wollte für das Auskommen ihres behinderten Sohnes Hanni und der mit einundvierzig Jahren immer noch unverheirateten Katharina sorgen. Walter Windheuser hat das Burgerhaus also nur bewirtschaftet. Aber das war den Franzosen egal!«

Nach einem weiteren Schluck aus dem Cognacschwenker fährt Pickel, nun wieder ruhiger, fort: »Wie dem auch sei, alle Spuren in Richtung Russen oder Polen verliefen jedenfalls im Sande. Im Wald bei Namedy haben wir ein Jahr nach dem Überfall gemeinsam mit den Franzosen das Lager einer Bande von Polen und Russen ausgehoben, die einige Überfälle in der Umgebung begangen hatte. Auch wenn viel Zeit vergangen war, so sprach doch einiges dafür, dass der eine oder andere Bandit auch an den Burgerhaus-Morden beteiligt war. Aber auch diese Spur wurde von den Franzosen nicht weiterverfolgt.«

Pickel schnaubt empört. »Es gab außerdem einen wirklich guten Zeugen. Einem Kaninchenzüchter aus Andernach waren am 1. April sieben Männer auf dem Weg Richtung Burgerhaus begegnet, als er am Wegrand Löwenzahn für seine Kaninchen stach. Die Bande kam nah an Herbert Peters, so hieß er, glaube ich, vorbei. Er konnte die Männer exakt beschreiben, vor allem zwei in Uniform. Sie waren tätowiert, der eine hatte auf der rechten Hand einen Anker mit einem Schriftzug, der andere auf der Brust einen Adler. Der Zeuge sah auch die Pistolenläufe, die beiden aus den Gesäßtaschen schauten. Und sie sprachen Russisch oder Polnisch. Aber er wurde nur vernommen, eine Suche nach tätowierten Männern in den umliegenden Lagern ist nie erfolgt.«

Pickel verstummt.

Wafzig will aber eines noch wissen: »Können Sie sich erklären, warum die Franzosen so lax ermittelt haben?«

»Nun, wissen Sie, wir konnten die französischen Besatzer nicht leiden. Aber die Franzosen uns, die Boches, noch weniger. Wir waren der Feind, der ihr Land überfallen hatte. Dagegen gehörten die Insassen der Lager zu den Verbündeten, zu den Guten. Gemeinsam mit ihnen hatte man Nazi-Deutschland besiegt. Die Franzosen waren also eher geneigt, mutmaßliche Täter aus Russland oder Polen unbehelligt zu lassen, als den deutschen Opfern zu helfen. Entschuldigen Sie, dass ich das so drastisch sage. Aber das war und ist meine Meinung.«

Wafzig nimmt sich vor, nach seiner Rückkehr die Ermittlungsprotokolle der Franzosen noch einmal systematisch aufzuarbeiten, in der Hoffnung, darin doch noch weitere Hinweise auf die möglichen Täter zu erhalten.

Nach einem weiteren Cognac verabschiedet er sich mit einem aufrichtigen »Herzlichen Dank« und lässt »der gnädigen Frau Gemahlin« seine Verehrung ausrichten.

Auf der Fahrt nach Koblenz muss Wafzig sich eingestehen, dass er nicht viel Neues erfahren hat. Aber der Besuch bei Pickel war dennoch durchaus aufschlussreich – auch wenn der Lebensmittelhändler ein wenig wichtigtuerisch tat. Wafzig hat nun eine Erklärung für das Desinteresse der Franzosen und für die Motive der Täter.

23. SEPTEMBER 1946
WLADIMIR

Wladimir hatte sich seit ein paar Tagen in einem Wald in den Hügeln oberhalb von Rolandseck versteckt. Er wollte die Grenzstation am Übergang von der französischen in die britische Zone erst einmal beobachten, ehe er den Übertritt wagte. Er hatte gesehen, dass die britischen Soldaten es im Gegensatz zu den Franzosen wenig genau mit den Kontrollen nahmen. Aber er musste zuerst an den Franzosen vorbei. Die Militäruniform, die er bei dem Überfall auf das Burgerhaus getragen hatte, hatte er im Polenlager zurückgelassen. Er trug jetzt Zivil, einen der vielen gestohlenen Anzüge. Er würde sich wohl auch von seiner P08 trennen müssen. Denn die Franzosen durchsuchten auch Taschen und Gepäck. Er wollte die Pistole deshalb morgen im Wald vergraben.

Den Kopf auf dem Rucksack mit seinen wenigen Habseligkeiten, lag er im weichen Laub. Unwillkürlich dachte er an die Jahre, die er nach seiner Flucht aus Saratow in Nazi-Deutschland durchlebt hatte. Was war aus ihm geworden, dem unbeschwerten wolgadeutschen Jungen? Er war jetzt ein Räuber und Mörder. Der Alte im Burgerhaus war nicht sein letzter Toter gewesen. Auch bei dem Überfall auf den Hof Liebeneck bei Osterspai hatte er den schlafenden Bauern in seinem Bett erschossen und dabei keinerlei Schuld verspürt. Das Bild des von deutschen Kugeln tödlich getroffenen Oleg auf dem Bahnsteig von Charkow hatte sich zu tief in sein Gedächtnis eingegraben. Und auch, was die Deutschen ihm angetan hatten, konnte er ihnen nicht verzeihen.

Als wäre es gestern gewesen, erinnert sich Wladimir, wie er von Charkow nach tagelanger Fahrt in dem engen, stinkenden Zugwaggon in einem Durchgangslager bei Andernach angekommen war. Dort hatte man alle Deportierten, Männer, Frauen und Kinder, entlaust, danach wurden sie von einem Nazi-Arzt untersucht, der aus seiner Verachtung für die »Fremdländischen« keinen Hehl machte. Anschließend hatte man sie registriert und Fabriken, Behörden, Krankenhäusern und Bauernhöfen zugewiesen. Waldimir hatte man als Zwangsarbeiter dem Bandstahlwerk Ratschenstein zugeteilt. Dort wurden aus mächtigen Stahlblöcken an riesigen Walzen Bleche hergestellt und zum Teil weiterverarbeitet. Alles für die Kriegsmaschinerie der Deutschen.

Schon bei seiner Ankunft stellte er fest, dass mindestens die Hälfte der Belegschaft des Werkes sogenannte Fremdarbeiter waren. Sie kamen aus Frankreich, Belgien oder eben aus Polen, der Ukraine oder Russland. Er bekam die blaue Arbeitskleidung der Fremdarbeiter und grobe Schuhe. Doch auf dem Ärmel seiner Jacke war zudem ein Stück Stoff mit dem Wort »Ost« in weißen Buchstaben aufgenäht. Damit hatte man auch ihn als sogenannten Ostarbeiter kenntlich gemacht. Diese standen in der Rangordnung des Lagers ganz unten. Zwangsarbeiter und Kriegsgefangene aus den besetzten Gebieten Polens, Russlands und der Ukraine waren »Fremdvölkische«, in den Augen der Nazi-»Herrenmenschen« lediglich Untermenschen. Die Ostarbeiter wurden weit schlechter behandelt und versorgt als die Kriegsgefangenen aus Frankreich, Belgien oder Italien. Die waren zwar auch Feinde, aber sie zählten für die Nazis immerhin zur arischen Rasse.

Wie Wladimir bald am eigenen Leib erfuhr, mussten die Ostarbeiter härter und länger arbeiten als alle anderen und bekamen dafür weit weniger Lohn. Von dem spärlichen Verdienst wurde das meiste zudem für Unterkunft und Verpflegung abgezogen. Wobei die Ostarbeiter die kleinsten Essensrationen bekamen. Wladimir litt ständig Hunger. Dazu mussten sie in elenden, vollgestopften Baracken hausen, voll Dreck, Unrat und Ungeziefer. Zur Schwerstarbeit an den Walzen und Hochöfen, dem Hunger und der Entkräftung gesellten sich Seuchen wie Typhus, Tuberkulose oder Diphtherie.

Was man von ihm und den anderen Untermenschen erwartete, hatte Wladimir schon an seinem ersten Tag beim Ratschenstein erfahren: Sie mussten für den Führer arbeiten, notfalls bis zum Tod. Direktor Kohmann ließ sie durch einen Dolmetscher wissen, dass sie alle lediglich geduldet wären, da sie die tapferen deutschen Männer an der Front ersetzen müssten. Ansonsten seien sie Volksfeinde, rassisch minderwertig und deshalb vom deutschen Volk fernzuhalten. Diese wertvolle »Fremdvolk-Politik des Reiches« werde er, der Direktor des Werkes, deshalb mit allen Mitteln durchsetzen.

Die Zwangsarbeiter wurden streng abgeschirmt, das Lager war von einen hohen Drahtzaun umgeben und das Wachpersonal allgegenwärtig. Der Ausgang in Gruppen und unter Bewachung beschränkte sich auf die umliegenden Felder. Wer es wagte, dabei Kartoffeln oder Gemüse zu stehlen oder gar ein vorbeifahrendes Fuhrwerk anzubetteln, wurde sofort mit Stockhieben bestraft.

Die Bewachung und die Schikanen wurden noch schlimmer, als die ersten Nachrichten von der Niederlage der 6. Armee im Kessel von Stalingrad im Februar 1943 die Runde machten. Danach folgte selbst auf Bummelei oder gar Arbeitsverweigerung unweigerlich die Einweisung in ein Arbeitserziehungslager. Wer sich angeblicher Sabotage oder bolschewistischen Agententums schuldig machte, wurde von der Gestapo unter Folter verhört. Danach wurden die vermeintlichen Spione nicht selten in ein Straf- oder Konzentrationslager überführt. Selbst vor den Mädchen und Frauen im Werk machte die Nazi-Willkür nicht Halt.

Die Arbeit an den Hochöfen der Fabrik hatte Wladimir bald alle Kraft genommen. Er war zu schwach, um gegen die geringsten Schikanen aufzubegehren. Er wollte nur eines: überleben! Hin und wieder steckte ihm der viel kräftigere Michail ein Stück Brot zu, das er irgendwo organisiert hatte. Und Michail war es auch, der ihn ermahnte, keinen Blick auf die deutschen Frauen zu riskieren, die hin und wieder neugierig und aufreizend in der Nähe des Lagers spazieren gingen. Sie spielten selbst ein riskantes Spiel. Denn jeder intime Kontakt mit einem Ostarbeiter bedeutete Rassenschande und auch für sie den Abtransport in ein Konzentrationslager. Noch schlimmer erging es allerdings den betroffenen Ostarbeitern. Sie erhielten eine sogenannte Sonderbehandlung. Michail hatte ihm erklärt, was in der Nazi-Terminologie darunter zu verstehen war: Hinrichtung, meist durch Erhängen am Strick. Sie wurden beide kurz danach selbst Zeugen einer solchen Sonderbehandlung. Ein polnischer Zwangsarbeiter hatte sich offensichtlich mit einer deutschen Frau eingelassen. Er war dafür zum Tod durch Erhängen verurteilt worden. Zur Abschreckung hatte die SS am Tag der Hinrichtung fünfzig Lagerinsassen als Zeugen auf das Feld vor dem Lager kommandiert. Dort stand bereits ein fahrbarer Galgen. Der Pole musste den Tisch unter dem Galgen besteigen, und Polizisten legten ihm die Schlinge um den Hals. Dann wurde die Fallklappe geöffnet. Aber durch einen Fehler in der Aufhängung gab das Seil nach. Der Körper des Polen fiel zu Boden. Im scharfen Befehlston und mit entsicherter Pistole wies der SS-Kommandeur daraufhin fünf Polen an, den Körper ihres Landsmanns wieder hochzuziehen und ihn zu halten, bis der Tod eingetreten war. Nach dem furchtbaren Schauspiel schenkte der Ortsgruppenleiter Schnaps für die SS-Leute und die deutschen Polizisten aus.

Das Bild der grölenden SS-Männer und der feixenden Nazi-Größen vor dem geistigen Auge, schlief Wladimir ein, erfüllt von Hass und Rachegelüsten.

15. JUNI 1964
KOBLENZ

Wafzig lenkt den Ford Taunus durch den dichten Berufsverkehr von Koblenz. Elf Millionen Kraftfahrzeuge gibt es mittlerweile in der Bundesrepublik, hat er kürzlich in der Zeitung gelesen. Und es werden täglich mehr, denkt er, während er das Autoradio lauter dreht. »Sugar, Sugar Baby« von Peter Kraus, für den Erika so schwärmt. Er hat ein verlängertes Wochenende in Mainz verbracht, um Erika ein wenig zu versöhnen. Sie hatte ihr neues Sommerkleid nach dem Burda-Schnittmuster tatsächlich schon fertig genäht, und Wafzig hatte es gebührend bewundert. Sie machten sogar einen Ausflug nach Bad Dürkheim, wo Wafzig Erika im Restaurant des Spielcasinos schick zum Essen eingeladen hatte. Stolz konnte er dabei zur Kenntnis nehmen, wie so mancher Ehemann seine äußerst attraktive Begleitung im Vorbeigehen verstohlen angesehen hatte.

Auf Erikas drängende Fragen: »Wann heiraten wir endlich, hast du eine Wohnung gefunden?«, hat er aber noch immer keine Antwort. Er weiß, dass er sich bald entscheiden muss, will er die Immer-noch-nicht-Verlobte nicht verlieren. Erika ist vierundzwanzig und wünscht sich nichts sehnlicher als ein Heim mit Mann und mindestens zwei Kindern. Aber dafür ist er, so muss er sich eingestehen, einfach noch nicht bereit. Zwar ist er bereits fünfunddreißig, aber an das Band der Ehe will er sich trotzdem noch nicht fesseln lassen. Andererseits muss er zugeben, dass das Beisammensein mit Erika durchaus seine Reize hat.

Hinter ihm hupt ein Autofahrer ungeduldig. Wafzig ist, noch ganz in Gedanken an die vergangene Nacht in Mainz, trotz grüner Ampel nicht losgefahren. Schnell legt er den Gang ein und gibt Gas. Er findet einen Parkplatz direkt vor dem LKA-Gebäude. Aber kaum ist er durch die schwere Glastür und will in sein Büro im dritten Stock, kommt Kollege Heinze am Aufzug auf ihn zu. Wafzig kennt den hemdsärmeligen, polterigen Heinze noch aus der Polizeischule. Der war damals einer seiner Ausbilder gewesen.

»Haben Sie schon gehört, Wafzig? Rudolf Schmücker ist versetzt worden. Er ist jetzt an der Schule für die Bereitschaftspolizei.«

Den stellvertretenden Leiter des LKA, Schmücker, kennt Wafzig ja noch von seinem ersten Tag her, als dieser ihn durch die verschiedenen Abteilungen des Amtes geführt hat. Ehe Wafzig etwas zu der Neuigkeit sagen kann, liefert Heinze umgehend den Grund für die Degradierung: »Schmücker soll im Sommer '44 den Befehl gegeben haben, alle Russen in einem Gefängnis bei Minsk zu erschießen. Er ist offensichtlich denunziert worden. Genauso wie damals Heuser.«

Georg Heuser, der ehemalige Leiter des LKA, war im vergangenen Jahr in einem der größten Kriegsverbrecherprozesse der Bundesrepublik zu einer lebenslangen Haftstrafe verurteilt worden. Er war schuldig gesprochen worden, in Minsk für den Tod von elftausend Weißrussen verantwortlich gewesen zu sein.

Heinze ist ganz außer sich. Wafzig sagt sich im Stillen, dass offenbar auch sein ehemaliger Ausbilder einer von denen ist, die Deutschlands Nazi-Vergangenheit am liebsten vergessen machen wollen. Vielleicht war Heinze selbst ein überzeugter Nazi gewesen. Denn in fast allen Behörden finden sich noch immer Männer aller Dienstgrade und Karrierestufen, die eine braune Vergangenheit haben. Und nur hin und wieder, wie bei Heuser oder Schmücker, werden sie entdeckt und für ihre Taten zur Rechenschaft gezogen.

Wafzig ist froh, als der Aufzug kommt. Er tippt grüßend an die Stirn, lässt Heinze stehen und fährt nach oben. In seinem winzigen Büro liegen auf der Ablage noch immer die restlichen Akten der ungeklärten Verbrechen aus der Besatzungszeit. Sie können warten. Wafzig greift zum Telefon und lässt sich mit Christian Gerb in Köln verbinden. Der ist sofort am Apparat.

»Guten Tag, Herr Gerb. Mein Name ist Rudolf Wafzig vom LKA Rheinland-Pfalz. Ich ermittle in einem Fall, der fast zwanzig Jahre zurückliegt. Es geht um die Burgerhaus-Morde vom 1. April 1946.«

»Wie das?« Christian Gerb ist hörbar erstaunt. »Nach so langer Zeit! Wie kommen Sie da auf mich? Ich weiß wirklich nicht, ob ich Ihnen noch helfen kann.«

»Nun, vielleicht doch. Sie waren schließlich derjenige, der Hilfe geholt hat. Und Sie haben die Täter gesehen. Deshalb würde ich gerne mit Ihnen sprechen.«

Nach einigem Zögern ist Christian Gerb einverstanden, und sie verabreden sich für Freitagnachmittag. Das ist Wafzig durchaus recht. Er hat dann einen Grund, das Wochenende nicht in Mainz zu verbringen. Er kann auf ein weiteres Gespräch über Hochzeit und Kinder gut verzichten.

19. JUNI 1964
KÖLN

Wafzig hält vor dem Haus in der Venloer Straße. Ehrenfeld hat in den letzten Jahren einen erstaunlichen Aufschwung erfahren. Die Kriegsschäden sind weitgehend aus dem Bild des Viertels verschwunden. In den Baulücken und auf einstigen Trümmergrundstücken stehen einfache, mehrgeschossige Wohnhäuser. Und seit den Fünfzigerjahren haben sich viele kleinere und mittlere Industrie- und Handwerksbetriebe hier niedergelassen. Es ist, stellt Wafzig fest, ein wirklich lebendiges Viertel.

Bewundernd ist er vorhin am Heliosturm vorbeigefahren. Der 1885 errichtete Binnenleuchtturm gilt als Wahrzeichen des Viertels, auch wenn er selbstverständlich keine Funktion als Seezeichen hat. Er gehörte vielmehr zur Helios AG, einem Leuchtmittelhersteller, der 1930 seinen Betrieb eingestellt hat. Wafzig hat danach vor der ehemaligen Produktionshalle des Unternehmens gehalten, in der 1957 der angeblich erste Supermarkt Europas von dem Unternehmer Herbert Eklöh errichtet worden ist. Im Laden hat er staunend die langen Reihen von Regalen, voll mit Lebensmitteln und Haushaltswaren, betrachtet. Aber sein Geschmack ist so ein riesiger Laden nicht. Ihm sind die kleinen Läden lieber, wie der bei ihm um die Ecke mit der netten Verkäuferin. Im Eklöh, so denkt er, fühlt man sich als Mann beim Einkaufen einfach verloren.

Das Haus, in dem Gerb wohnt, gehört noch zur alten Bausubstanz von vor dem Krieg. Es hat hohe Fenster und Stuckverzierungen an der Fassade. Wafzig nimmt die ausgetretenen Treppenstufen zur zweiten Etage, wo ihn Christian Gerb bereits bei geöffneter Tür erwartet. Gerb ist mittelgroß und hager. Seine offensichtlich zu weite Hose hat er mit Hosenträgern am Bund befestigt, das braun karierte Hemd ist abgetragen und verwaschen. Mit seinen fahlen Gesichtszügen und den blassgrauen, wässrigen Augen sieht er nach zu viel Zigaretten und Alkohol aus. Er muss jetzt Ende fünfzig sein, denkt Wafzig und bemerkt, als er Gerb ins Wohnzimmer folgt, dass dieser sein linkes Bein leicht nachzieht.

Sie nehmen auf den schon leicht abgewetzten rotbraunen Velours-Sesseln Platz, und Gerb stellt zwei Flaschen Gaffel-Kölsch, Zigaretten und einen Aschenbecher auf den niedrigen Nierentisch. Er klopft auf seinen linken Oberschenkel und meint: »Seit damals kann ich nicht mehr als Zimmermann arbeiten. Das war ich nämlich vor dem Krieg. Aber das Bein wurde zu spät behandelt.«

Das ist nur halb wahr, denkt Wafzig. Laut der Akte hatte Gerb die Behandlung nicht abgewartet und das Krankenhaus bereits nach einem Tag verlassen. Das war dann auch der Grund, weshalb ihn die Franzosen kurzfristig neben Katharina Windheuser in Verdacht hatten.

Er sei angeblich in Schwarzmarktgeschäfte verwickelt gewesen. Aber Wafzig lässt Gerb weitersprechen.

»Wenn meine Frau nicht putzen ginge, kämen wir nicht über die Runden. Ich kann nur noch im Sitzen arbeiten und helfe lediglich bei den Läden in der Nähe beim Einräumen der Waren aus. Meine Frau ist übrigens bei ihrer Schwester in Neuss. Wollen wir nachher nicht auf ein Kölsch ins Haus Herrmuth gehen?«

Wafzig zögert, sagt aber dann zu. Er will nicht unhöflich sein, und Gerb ist offensichtlich froh, Gesellschaft zu haben. Außerdem hat Wafzig wenig Lust, den Freitagabend allein in seinem tristen Pensionszimmer am Melatengürtel zu verbringen. Christian Gerb öffnet die beiden Flaschen Kölsch, nimmt mit einem energischen: »Zum Wohl«, den ersten tiefen Schluck und beginnt dann zu erzählen.

»Also, Herr Kommissar, was wollen Sie wissen? Ich habe von den Burgerhaus-Leuten eigentlich nur Katharina gekannt. Deren Schwester, Hildegard Bengert, war eine gute Bekannte von einer meiner beiden Schwestern. Sie wissen wahrscheinlich, es war Christiane Schmidt, die auch an jenem Abend erschossen wurde, genauso wie ihre Schwägerin Luci Puhlheim und mein Neffe Cornelius Gellert.«

»Wie kam es denn, dass Sie alle an jenem Abend auf dem Burgerhof waren?«

»Nun, das ist eine längere Geschichte«, meint Gerb, nimmt noch einen Schluck aus der Bierflasche, wischt sich über den Mund und fährt dann fort: »Christiane und Luci haben gemeinsam mit ihren Männern das Ehepaar Bengert kurz vor dem Krieg, im Karneval 1939, auf einer Veranstaltung im Sartory kennengelernt. Das hieß damals noch Groß-Köln. Daraus entstand eine Freundschaft der Frauen, die noch enger wurde, als ihre Männer an die Front mussten. Hans Puhlheim und Herbert Schmidt hatten allerdings weniger Glück als Bengert und ich«, fügt Christian Gerb lakonisch hinzu, »sie sind nicht mehr zurückgekommen.«

Nach einem weiteren, tiefen Schluck aus der Flasche redet er weiter.

»Katharina Windheuser hat ihre Schwester Hildegard während des Krieges des Öfteren besucht. Jedes Mal hatte sie dann Mehl, Kartoffeln oder Speck für die drei Frauen dabei. Auch nach dem Krieg ist sie gekommen, um Schwester und Mann im notleidenden Köln mit den Sachen vom Hof zu versorgen. Damals habe ich mich dem Tauschhandel zwischen den Frauen angeschlossen. Wir wollten schließlich nicht verhungern.«

Wafzig nickt zustimmend. Er weiß, wie knapp die Lebensmittelrationen nach dem Krieg waren. Sie wurden nach Kalorien berechnet, eintausend Kalorien für einen Schwerstarbeiter, für Alte, Frauen und Kinder sogar noch weniger. Ein britischer Offizier hatte die mangelhafte Zuteilung zynisch mit dem Hinweis begründet, die Nazis hätten im Konzentrationslager Bergen-Belsen achthundert Kalorien für ausreichend gehalten.

»Wir haben Brot, Eier, Speck gegen Geld, Zigaretten oder ein Stück Stoff getauscht. Einmal gab ich Katharina sogar ein Radiogerät. Oft ist sie aber nach Kriegsende nicht mehr gekommen. Deshalb haben wir dann ausgemacht, dass Christiane, Luci und ich vor Ostern selbst nach Andernach ins Burgerhaus fahren. Wir wussten zwar, dass Hamstern bei Strafe verboten war, aber wir wollten es riskieren. Ich habe noch meinen Neffen mitgenommen. Er war der Sohn meiner anderen Schwester, deren Mann nach Kriegsende als vermisst galt und der wahrscheinlich bei Stalingrad gefallen war.«

Christian Gerb gesteht Wafzig dann noch, dass man das Hamstergut nicht nur für sich selbst wollte. »Wir hatten vor, einige der Lebensmittel auf dem Schwarzmarkt zu verkaufen. Denn wir brauchten auch dringend Kohlen, zum Heizen und zum Kochen. Aber davon wussten die Windheuser-Schwestern, Hildegard und Katharina, nichts.«

»Und was geschah dann an dem Abend?«

Was den Tathergang und die Beschreibung der Täter angeht, stimmen die Angaben von Gerb weitgehend mit denen Katharina Windheusers überein. Die Täter im Haus waren Polen oder Russen, alle zwischen fünfundzwanzig und dreißig Jahre alt, zwei in Uniform, zwei in Zivil, einer davon auffällig groß, zwei von mittlerer Statur. Der Mörder von Walter Windheuser war eher untersetzt, und, das fällt Gerb noch ein, er hatte Zähne aus Weißmetall, die ihm ein brutales Aussehen verliehen. Einen sehr großen Mann, der wegen eines anderen Deliktes in Haft saß, hatte man ihm bei den Ermittlungen in den Fünfzigerjahren vorgeführt. Aber Gerb hatte in ihm keinen der Täter erkannt. Es waren ja auch schon über sechs Jahre nach der Tat vergangen.

»Ich kann nur die vier beschreiben, die in der Küche waren«, fügt der Kölner hinzu. »Allerdings bin ich mir sicher, dass mindestens zwei oder drei noch vor dem Haus waren. Als die Banditen nicht mehr in der Küche waren, habe ich Stimmen durch das Fenster gehört. Ich meine auch den Namen Ludwig verstanden zu haben.«

Als die Mörder weg waren, habe er gehört, wie jemand aufstand und das Haus durch die Vordertür verließ. »Später hat man mir erzählt, dass es Katharina war. Ich blieb noch unter dem schweren Mantel liegen, den die Banditen über mich geworfen hatten. Mein linkes Bein tat arg weh. Aber als ich das Stöhnen und Schluchzen neben mir hörte, beschloss ich, Hilfe zu holen. Ich stand auf und ging zu Cornelius. Ich sah, dass er noch lebte, aber stark blutete. Die Täter hatten ihm in den Bauch geschossen. Ich habe mir den Durchschuss am Oberschenkel notdürftig mit einem Küchenhandtuch verbunden und bin losmarschiert. Das Bein schmerzte höllisch, aber als ehemaliger Frontsoldat wusste ich, dass man auch mit einer solchen Verletzung noch marschieren konnte. Ich habe das bei Kameraden oft erlebt. Aber ich war froh, als ich in Eich angekommen war. Ich bin einfach in das nächstbeste Haus marschiert. Das war, wie ich erfuhr, das des Bürgermeisters.«

Gerb macht eine Pause und sieht den Kommissar an.

»Mehr kann ich Ihnen nicht sagen. Man hat mich dann nach Andernach ins Krankenhaus gebracht, wo meine Wunde versorgt wurde. Dort habe ich erfahren, dass Cornelius die Fahrt ins Krankenhaus nicht überlebt hat. So hatte ich das Schlimmste noch vor mir: Ich musste meiner Schwester sagen, dass ihr Sohn auf der Hamsterfahrt ermordet worden war!«

Er nimmt den letzten Schluck Bier aus der Flasche und sagt: »Lassen Sie uns gehen. Auf zum Herrmuth und einem Herrengedeck.«

22. JUNI 1964
KOBLENZ

Aus dem einen Herrengedeck am Freitag sind dann reichlich viele geworden. Gegen Wafzigs schweren Kopf haben am Samstagmorgen auch die Aspirin-Tabletten wenig geholfen. Zurück in Koblenz, hat er erst einmal den modernen Wasserboiler im Bad des Witwers angestellt und ein ausgiebiges Bad genommen. Danach fühlte er sich besser. Nur bei Erika hat er sich vorsichtshalber erst gar nicht gemeldet. Ihre Vorhaltungen wollte er in seinem Zustand gern vermeiden. Stattdessen ist er an den Moselstausee gefahren, um sich endlich den Ruderclub Rhenania anzusehen. Er hat auch gleich eine Probestunde für das nächste Wochenende vereinbart. Das wird ihm vermutlich wieder Ärger mit Erika einbringen. Aber sicher fällt ihm etwas ein, um sie wieder zu versöhnen.

Am Sonntag hat er dann noch seine Notizen über das Gespräch mit Gerb ordentlich zu Papier gebracht und sich dabei erneut gewundert, dass Gerb, wie auch Katharina, nach so vielen Jahren die Ereignisse dieser Nacht so präzise wiedergeben konnte. Die schreckliche Bluttat hat alle Überlebenden für ihr ganzes Leben geprägt, sinniert Wafzig, sei es den alkoholkranken, im Leben gescheiterten Christian Gerb, die traumatisierte Elli, die sich und ihre Kinder vor der Welt versteckt, oder die nach außen hin so starke Katharina Windheuser, die das Geschehen von damals nur dem Anschein nach überwunden hat.

Am Montagmorgen erscheint Wafzig pünktlich zum Dienst. Auf dem Weg von der Mainzer Straße zum LKA-Gebäude gegenüber dem Kurfürstlichen Schloss macht er gerne Halt bei der Bäckerei Hoefer, um sich ein Stück seines geliebten Bienenstichs für den Kaffee am Nachmittag mitzunehmen. Heute ist er allerdings in Eile. Er will seine Erkenntnisse nach den ersten Zeugenaussagen niederschreiben und Seiters über den Fortgang seiner Ermittlungen informieren. Er möchte den Abteilungsleiter aber vor allem davon überzeugen, dass er an den Burgerhaus-Morden dranbleiben kann und die anderen Fälle zunächst zurückstellen darf.

Nach mühevollem Tippen mit zwei Fingern auf der Olympia, einigen Tassen Kaffee und einem übervollen Aschenbecher meldet er sich für den späten Nachmittag bei Seiters an. Beim Betreten des Büros nickt ihm die adrette Sekretärin freundlich zu. »Guten Tag, Kommissar Wafzig. Der Herr Kriminalrat erwartet Sie. Aber ich sage Ihnen gleich, er hat wenig Zeit.« Damit öffnet sie die Tür zu Seiters' Büro.

Der Abteilungsleiter sitzt hinter seinem Schreibtisch und bedeutet ihm, auf dem Besucherstuhl gegenüber Platz zu nehmen.

»Sie müssen entschuldigen, Wafzig«, beginnt Seiters das Gespräch, »aber meine Zeit ist knapp. Wir werden seit letzter Woche wegen Schmücker von Presseanfragen überrollt. Gleich muss ich dem SWF-Fernsehen ein Interview geben. Unser Chef, Oberrat Sauer, will nicht. Verständlich, es geht ja auch um seinen Stellvertreter. Und all meine Kollegen haben sich weggeduckt. Also muss ich ran. Ich kann mir wirklich schönere Tage vorstellen als diese. Aber es war klar, dass die Versetzung von Schmücker Staub aufwirbeln würde.«

Wafzig kann nicht umhin, sich Seiters neben dem bekannten, drahtigen Lokalreporter des SWF-Fernsehens vorzustellen. Der Abteilungsleiter mit seiner massigen Figur und dem kahlen Schädel sieht so gar nicht aus wie der seriöse Vertreter von Recht und Gesetz. Wafzig hat seine Zweifel, ob er der Richtige ist, um bei den Zuschauern Vertrauen ins LKA und seine Beamten zurückzugewinnen.

»Ich will Sie auch gar nicht lange aufhalten, Herr Kriminalrat. Aber ich würde darum bitten, dass ich, was die vielen ungelösten Fälle aus der Besatzungszeit betrifft, mich auf einen Fall konzentrieren kann, nämlich auf die Burgerhaus-Morde. Ich habe mit den Ermittlungen begonnen. Sie sind aus meiner Sicht vielversprechend. Ich habe Ihnen meine ersten Erkenntnisse dazu zusammengefasst.«

Damit überreicht er Seiters einen Heftordner mit seinem mühsam auf der Olympia getippten Protokoll. »Die anderen Fälle würde ich gerne zurückstellen. Ich hoffe, Sie sind einverstanden.«

Seiters hört ihm offenbar gar nicht zu. Stattdessen sucht er hektisch nach Unterlagen auf seinem Schreibtisch. Wahrscheinlich zum Fall Schmücker. »Entschuldigen Sie, was sagten Sie?«

Wafzig wiederholt sein Anliegen.

»Ja, machen Sie das«, sagt Seiters, »konzentrieren Sie sich auf die Burgerhaus-Morde. Wenn Sie diesen Fall lösen, haben wir vielleicht wieder eine bessere Presse als im Moment. Stellen Sie die anderen Akten zurück oder bringen Sie sie in mein Büro. Ich werde sie dann einem Kollegen geben.«

Damit steht Seiters auch schon auf, schüttelt Wafzig die Hand und komplimentiert ihn aus der Tür.

Wafzig wundert sich, wie schnell der sonst so bürokratische Seiters mit allem einverstanden gewesen ist. Aber ihm soll es recht sein. Er nimmt den Aufzug hinauf in sein Büro. Mit einem Becher Kaffee vor sich liest er noch einmal die knappe Zusammenfassung dessen, was er Seiters als Ergebnis seiner Ermittlungen übergeben hat. Seiner Ansicht nach sind demnach vier Personen dringend tatverdächtig: Wladimir Inguschin, Michail Nemzow, Alexander Bukov und Pawel Gerassimov. Alle vier wurden von Katharina Windheuser auf Fotos erkannt, von Hanni Windheuser ebenfalls Wladimir Inguschin und Michail Nemzow. Beide sind erst in den Fünfzigerjahren in das Visier der Ermittler geraten. Vor dem Haus waren vermutlich zwei bis drei weitere Täter. Der Zeuge Christian Gerb hat den Namen Ludwig gehört.

Wafzig beschließt, sich als Nächstes die Berichte der französischen Ermittler systematisch vorzunehmen. Sie hatten noch am Tatort die Ermittlungen von der Andernacher Polizei übernommen. In der Akte gibt es allerdings nur Ab- und Durchschriften der französischen Protokolle, die später von der Staatsanwaltschaft Koblenz übersetzt worden waren.

Kurz überlegt er, das Archiv in Colmar um Amtshilfe zu bitten. Dorthin waren alle Unterlagen des französischen Obertribunals in Rastatt nach dessen Auflösung Mitte der Fünfzigerjahre verbracht worden. Also müssten sich dort auch die Originalakten der Burgerhaus-Morde befinden, die Asservate jedoch nicht. Diese waren, so hatte ihm Seiters erklärt, bei der Auflösung des Archivs in Rastatt vernichtet worden. Das betraf dann auch die Projektile und Patronenhülsen des Überfalls auf das Burgerhaus. Wafzig verwirft jedoch den Gedanken, Colmar zu bemühen, schnell wieder. Schon einmal hat er versucht, von dort Unterlagen zu erhalten. Er war sogar persönlich vorstellig geworden. Nach drei Tagen, die er mit dem Ausfüllen immer neuer Formulare verbracht hatte, wurden ihm ein paar belanglose Seiten über das Vorleben des mutmaßlichen Verdächtigen vorgelegt. Die französischen Behörden arbeiteten offensichtlich noch immer nicht gern mit den Deutschen zusammen. Also wird er sich erst einmal dem trockenen Studium der französischen Unterlagen widmen.

15. MAI 1948
WLADIMIR

Auf dem Platz vor der Eigelsteintorburg herrschte reger Betrieb. Die Menschen flanierten scheinbar ziellos hin und her, aber Wladimir wusste, dass sie dabei flüsternd ihre Waren anboten, die sie unter Jacken und Mänteln versteckt bei sich trugen. Blitzschnell wurde dann im Vorbeigehen getauscht, und wenn die Polizei kam, war man ebenso blitzschnell in Mauernischen, Hauseingängen und Seitenstraßen verschwunden.

Die Briten hatten vergeblich versucht, den Schwarzhandel unter Androhung strengster Strafen zu verbieten. Doch was sollten die Kölner machen? Die Regale in den Läden waren leer, die Lebensmittelkarten praktisch wertlos. Und seitdem Gerüchte über eine mögliche Währungsreform die Runde machten, landete so gut wie alles auf dem Schwarzmarkt, wo oft das Hundertfache der offiziellen Preise für Lebensmittel, Kleidung oder Brennmaterial gezahlt wurde.

Auch Wladimir hatte mehrere Schachteln Bosco in den Innentaschen seines von Berta umgenähten Wehrmachtsmantels versteckt. Die Zigaretten kamen aus der französischen Zone und waren neben den amerikanischen Lucky Strikes die inzwischen übliche Währung bei den Schwarzmarktgeschäften. Für zehn Zigaretten bekam man eineinhalb Kilo Brot oder fünfundsiebzig Gramm Butter. Achtundvierzig Zigaretten kostete das Paar Damenstrümpfe, das Wladimir heute für Berta erstehen sollte. Er beschloss, das Treiben zunächst noch eine Weile zu beobachten, und stellte sich etwas abseits der Eigelsteintorburg vor die Schuh-Tauschzentrale der Familie Kämpgen. Hier hatte ihn auch vor fast einem Jahr Berta angesprochen. Er wollte damals allerdings keine Schuhe tauschen, sondern Kohle und Briketts verkaufen.

Im Oktober '46 war Wladimir in Köln angekommen. Die Grenze zur britischen Zone hatte er in Rolandseck bei Remagen ganz einfach passiert. Die Franzosen nahmen seinen Ausweis als Staatenloser zwar genau unter die Lupe und wollten von ihm wissen, wohin er wolle, aber nachdem er erklärt hatte, dass er als Bergmann im Ruhrgebiet Arbeit suchen wolle, ließen sie ihn passieren. Die Briten winkten ihn danach einfach durch. Über Bonn ging er dann in zwei Tagen weiter nach Köln.

Schon von Weitem hatte er die Türme des Doms gesehen, der den Bombenhagel der Alliierten scheinbar unbeschädigt überstanden hatte. Die übrige Innenstadt war allerdings, anderthalb Jahre nach Kriegsende, noch immer ein Ruinenfeld. Wladimir sah überall Menschen, die mit dem Wegräumen von Trümmern und Schutt beschäftigt waren. Es waren vorwiegend Frauen. Und er sah die langen Schlangen vor den Geschäften, wo es auf Bezugsscheine Lebensmittel, Kleidung, Schuhe, Seife und Kohlen gab. Noch gab es in der Innenstadt kein

Wasser, keinen Strom und kein Gas. Und erst recht keinen Wohnraum für die vielen Menschen, die jetzt wieder in Köln waren.

Wladimir war mit anderen, zumeist Vertriebenen aus den verlorenen, vormals deutschen Ostgebieten im Keller eines zerstörten Hauses in der Neusser Straße untergekommen. Tagsüber organisierten sie, so gut es ging, Lebensmittel. Sie bettelten und sie stahlen. Mit etwas Glück ergatterten sie auch das eine oder andere der amerikanischen CARE-Pakete, die an vielen Stellen der Stadt an die Bedürftigen ausgegeben wurden. Aber das Essen reichte nie, und Wladimir hatte erneut ständig Hunger. Nachts war es zudem bitterkalt. Dicht aneinandergedrängt hatten sie auf den schmutzigen Matratzen geschlafen, die überall im Schutt der ausgebombten Häuser lagen.

In seinem Keller gab es allerdings ein paar Frauen, Alte und Halbwüchsige, die sich regelmäßig zum Güterbahnhof im Niehler Hafen aufmachten, um Kohle und Briketts zu stehlen. Auf dem Weg zum Hafen fuhren die Kohlezüge aus dem Ruhrgebiet Richtung Süden besonders langsam. Die Jugendlichen sprangen auf die Waggons und warfen Kohle und Briketts auf den Bahndamm, wo Frauen und Alte sie in Körben und Taschen einsammelten. Im Keller befeuerten die Briketts dann eine einfache, aus Ziegeln gebaute Feuerstelle. Auf ihr wurden die dünnen Suppen gekocht, die für alle reichen mussten. Und das Kohlenfeuer sorgte zumindest für ein wenig Wärme.

Der Kohlenklau war inzwischen sogar von höchster kirchlicher Stelle abgesegnet worden. Der Kölner Kardinal Frings, so erfuhr Wladimir von einer der Frauen, hatte in dem bitterkalten Hungerwinter 1946/47 in seiner Predigt am Neujahrstag gesagt, man dürfe sich in der Not all das nehmen, was man zum Erhalt seiner Gesundheit und seines Lebens brauche, wenn man es auf anderem Weg, durch Arbeit oder Bitten, nicht erhalten könne. Seitdem, so meinte die Frau, sei das »Fringsen« legal.

Ob legal oder nicht, Wladimir wusste, dass man mit den geklauten Kohlen und Briketts auf dem Schwarzmarkt weit mehr verdienen konnte, als »für den Erhalt des Lebens« notwendig war. »Ich komme mit«, erklärte er deshalb eines Abends dem Anführer der Kohlendiebe, einem Jungen von höchstens dreizehn Jahren. »Gut, einer mehr, umso besser«, bekam er zur Antwort, dann machten sie sich auf den Weg. Am Bahndamm packte Wladimir so viel Kohle und Briketts in seinen Jutesack, wie er tragen konnte. Dabei musste er gehörig austeilen, denn um das Schwarze Gold gab es heftiges Gerangel.

Am nächsten Tag ging er mit seinem vollen Kohlensack zum ersten Mal auf den Schwarzmarkt vor der Eigelsteintorburg. Er stand zwischen den Mauerresten des Schuhhauses Kämpgen, als Berta ihn ansprach. Ob er Deutsch spreche, fragte sie, und als er bejahte, kam sie ohne Umschweife zur Sache.

»Der Pole, mit dem ich zusammengearbeitet habe, ist in seine Heimat zurückgekehrt. Wenn du für mich einmal in der Woche Zuckerrüben in Ossendorf holst, kannst du bei mir schlafen. Zu essen bekommst du auch was.«

Wladimir musterte Berta. Sie trug eine geblümte braune Kittelschürze, darüber eine grobe, graue Strickweste. Ihre Füße steckten in Wollsocken und viel zu großen

Männersandalen. Das pechschwarze Haar war unter dem auf dem Kopf geknoteten blauen Tuch zu einem dicken Zopf gebunden. Sie war älter als er, mindestens zehn Jahre. Aber Wladimir sah ihre schönen braunen Augen, den vollen Mund und die schlanke, hochgewachsene Figur.

»Pack deine Kohlen auf meinen Leiterwagen und komm mit«, sagte sie. »Die Kohlen können wir brauchen.« Was hatte er schon zu verlieren? Wladimir tat, wie sie ihm befohlen hatte, warf den Sack auf den Wagen und folgte ihr. Nachdem er noch am selben Tag seine wenigen Habseligkeiten aus dem Keller geholt hatte, zog er in die kleine Wohnung im Stavenhof im Eigelsteinviertel.

Schon am nächsten Tag lernte Wladimir Bertas Geschäft kennen. Sie brannte im Keller des halb zerstörten Hauses Schnaps aus Zuckerrüben, den Knolli-Brandy, der so manchem Kölner in den Notzeiten nach dem Krieg das Leben erträglicher machte. Die Zuckerrüben beschaffte Wladimir nun regelmäßig in Ossendorf, den Selbstgebrannten verkauften sie gemeinsam auf dem Schwarzmarkt. Die Geschäfte liefen gut. Sie hatten dank des Knolli-Brandys genug zu essen, und die Wohnküche der kleinen Wohnung war in den kalten Nächten stets geheizt.

Als Wladimir sich dann obendrein einer Bande von Zigarettenschmugglern anschloss, verdienten sie sogar noch besser. Er hatte für Berta auf dem Schwarzmarkt kürzlich sogar einen Wintermantel für eintausend Reichsmark und einen goldenen Ring für zweihundert Zigaretten erstanden. Als er damit ankam, nahm ihn die Kriegswitwe vom Sofa in der Wohnküche mit in ihr Bett.

Mir geht es endlich gut, dachte Wladimir, Amerika kann ruhig noch ein wenig warten. In Gedanken bei der Frau, die ihm ein neues Leben beschert hatte, mischte er sich nun unter die amorphe Menge vor der Eigelsteintorburg.

28. JULI 1964
LKA KOBLENZ

Die Akte zu den Burgerhaus-Morden liegt jetzt schon seit über vier Wochen unberührt in Wafzigs Büro. Es ist allerdings nicht seine Schuld, dass er seine Ermittlungen unterbrechen musste. Man hatte ihn kurzfristig zu einem anderen Fall abgezogen. In der Abteilung für Wirtschaftskriminalität war ein Kollege krank geworden, und deshalb war Wafzig in die laufende Zielfahndung nach einer Geldfälscherbande einbezogen worden. Er muss zugeben, es hat ihm durchaus gefallen, wieder in einem aktuellen Fall zu ermitteln. Gemeinsam mit den Kollegen hat er das mutmaßliche Versteck der Bande beobachtet. Leider sind die vielen Nachtstunden, die er wartend im Auto zugebracht hat, vergeblich gewesen. Offenbar hatte ihr Informant gelogen, und die Bande hatte ihre Fälscherwerkstatt längst verlassen.

Nun, darum müssen sich jetzt die Kollegen kümmern, denkt Wafzig und nimmt sich vor, die Aufzeichnungen der Franzosen heute endlich gründlich zu studieren. Auch wenn er lieber persönlich ermittelt, Tatorte besichtigt und Zeugen befragt, er muss die Protokolle noch einmal lesen. Denn er hofft, darin weitere Hinweise auf die Verdächtigen in den Burgerhaus-Morden finden.

Er zündet sich eine Stuyvesant an und schlägt die erste der siebenunddreißig Seiten auf, die 1955 von den Franzosen an die Staatsanwaltschaft Koblenz übergeben worden waren. Er weiß, dass er nur einen Teil der französischen Akten vor sich hat. Aber immerhin. Irgendwelche Hinweise werden sich darin finden. Voll Zuversicht beginnt er zu lesen.

2. *April 1946*
Bericht Capitaine Wecker, Chef des Gendarmerieabschnitts Koblenz (2. Armeekorps, I. Legion der Besatzungsarmee, Kompanie der Rheinprovinz)

»Zum Tathergang: Als sich nach Beendigung des Abendessens Herr Windheuser zusammen mit seiner Frau, seiner Schwester, seinen beiden Knechten und vier aus Köln stammenden Personen, die in die Gegend gekommen waren, um Lebensmittel zu holen, in der Küche aufhielt, traten vier mit Pistolen bewaffnete Individuen ein, von denen einer mit einer amerikanischen Armeeuniform bekleidet war, und riefen in schlechtem Deutsch: ›Hände hoch.‹«

Wafzig notiert, dass Wecker lediglich von einem Täter in Uniform berichtet. In allen Befragungen der Zeugen durch die deutschen Ermittler war von zwei Tätern in Uniform die Rede gewesen. Er liest weiter.

»Weil Herr Windheuser nicht schnell genug dem Verlangen der Angreifer Folge leistete, näherte sich

einer von diesen ihm, und nachdem er ihn mit: »›Du Kapitalist‹, beschimpft hatte, schoss er ihn mit einem Pistolenschuss in den Kopf nieder.«

Capitaine Wecker beschreibt dann, wie die Täter die in der Küche Anwesenden aufforderten, sich auf die Erde zu legen, sie mit Decken zudeckten und ihre Waffen auf sie entluden, *»bis sie die Gewissheit hatten, dass alle umgekommen waren«*. Die Täter, so beschreibt Wecker weiter, gingen dann in den ersten und zweiten Stock, *»wo sie aus nächster Nähe die Mutter von Walter Windheuser, seine Tante und den Schwiegervater getötet haben«*.

Besonders präzise ist die Beschreibung des Tathergangs nicht, denkt Wafzig, Katharina und auch Christian Gerb hatten ausgesagt, dass die Täter zuerst geschossen und erst dann Kleidungsstücke über ihre Opfer geworfen hatten. Er muss dann lesen, dass offensichtlich vor allem die Unordnung im Haus dem französischen Capitaine besonders ruchlos vorgekommen war:

»Es ist zu melden, dass die Täter sofort nach ihrem Eintritt den Telefonapparat zerstörten. Nachdem dies geschehen war, durchsuchten sie alle Möbel, Schränke, Wandschränke, verteilten deren Inhalt auf dem Boden, brachten die Betten in Unordnung, ebenso die Sofas und riefen dadurch im Inneren des Hauses eine unbeschreibliche Unordnung hervor.«

Wecker vermerkt, dass der Alarm nach Mitternacht gegeben wurde: *»Streifen wurden sofort in Gang gesetzt, einerseits unter Leitung des Leutnant Borafarul von der 51.*

Verteidigungskompanie des 4. Jagdkommandos und von der Gendarmerie Andernach. Die Gegend wurde ergebnislos abgesucht.«

Bislang erfährt der Kommissar nichts Neues aus den spärlichen Aufzeichnungen des Capitaine. Stattdessen liest er jetzt, was Pickel ihm bereits empört erzählt hatte, nämlich dass die französischen Ermittler zunächst Katharina Windheuser verdächtigt hatten. In Andernach gab es nach der Tat das Gerücht, dass sie ihrem Bruder das Erbe neidete. Über ihren Geliebten, einen Gärtner, dem sie wohl ohne Wissen des Bruders ein Stück Land verpachtet hatte, habe sie die Täter kennengelernt und zu dem Überfall angestiftet. Außerdem sei sie angeblich gemeinsam mit Christian Gerb in Schwarzhandelsgeschäfte verwickelt gewesen.

Aufgrund dieser Gerüchte hatte Capitaine Wecker die Schwester des Bauern danach bis nach Köln verfolgen lassen, um ihr eine Verbindung mit den mutmaßlichen Tätern nachzuweisen. Auch Christian Gerb wurde damals beobachtet, aber er konnte aufgrund seiner Beinverletzung die Wohnung ohnehin kaum verlassen. Und Katharina hatte in Köln lediglich ihre Schwester besucht. Vielleicht, denkt Wafzig, um Hildegard und deren Mann zur Rückkehr auf den Burgerhof zu bewegen. Der Verdacht gegen Katharina wurde jedenfalls fallen gelassen.

Das andere Gerücht ist da in Wafzigs Augen schon wesentlich interessanter. Es betrifft eine sogenannte »Kartenspieler-Spur«. Das Burgerhaus war schon einmal, neun Monate vor dem mörderischen Überfall, im Juli 1945, überfallen worden. Nach diesem ersten Überfall soll

Walter Windheuser damit geprahlt haben, dass die Täter die zwölftausend Reichsmark, die er im Haus versteckt hatte, nicht gefunden hätten. Einer der Täter vom 1. April 1946 habe dann, so liest Wafzig, genau nach dieser Summe gefragt. Daraufhin wurden die Mitspieler von Walter Windheuser befragt. Der Capitaine gab zu Protokoll:

> »*Vernehmung von drei Mitspielern von Walter Windheuser, 16. September 1946: Die drei Zeugen bestätigen, dass Walter Windheuser von einer größeren im Haus versteckten Geldsumme sprach, die von den Tätern beim ersten Überfall am 15. Juli 1945 nicht gefunden worden war. Zwei der Zeugen benennen eine Summe von zwölftausend Reichsmark. Zwei der Zeugen können sich nicht erinnern, ob weitere Personen im Raum waren, einer verneinte die Frage. Es sei niemand und vor allem kein Ausländer im Raum gewesen. Alle drei versicherten, die Information nicht weitergegeben zu haben.*«

Wafzig hat daran seine Zweifel. Warum sollte man so eine interessante Neuigkeit nicht weitererzählen? Es waren in der Zeit zahlreiche Höfe in der Gegend überfallen worden. Wenn einer der Überfallenen Glück gehabt hatte und die Täter die wirkliche Beute nicht gefunden hatten, war das doch eine Nachricht an Freunde und Bekannte wert! Aber die Franzosen hatten sich mit der Aussage der Zeugen begnügt. Und zwanzig Jahre später hat er kaum eine Chance, die Angaben von damals zu überprüfen. Wohl oder übel streicht Wafzig die ohnehin vage Kartenspieler-Spur von seiner Liste.

Die Franzosen hatten noch eine weitere Reihe an Zeugen vernommen. Vielleicht findet sich darin eine Spur. Doch bevor Wafzig sich an deren Aussagen macht, braucht er eine Pause. Er beschließt, trotz Nieselregens einen Spaziergang zu machen. Außerdem macht sich sein Magen bemerkbar, und um die Ecke ist ein Imbiss mit richtig guter Currywurst. Er nimmt seinen neuen beigen Regenmantel, zu dessen Kauf ihn Erika erst kürzlich gedrängt hat, setzt den Hut auf und verlässt das Bürogebäude in der Neustadt.

Nach dem Verzehr der Currywurst geht er vorbei am Kurfürstlichen Schloss mit seinen ausgedehnten Parkanlagen hinunter zum Rhein. Majestätisch steht dort im Grau des Regens die Skulpturengruppe »Vater Rhein und Mutter Mosel«. Kurz hält er an der Statue von Joseph Görres inne, dem Publizisten des Vormärz, der sich zu Beginn des 19. Jahrhunderts für Demokratie und Gleichberechtigung eingesetzt hatte. Vorbei am Bundesamt für Wehrtechnik, das seit drei Jahren im imposanten neuromanischen Bau des ehemaligen preußischen Regierungsgebäudes untergebracht ist, hat Wafzig einen herrlichen Blick auf die Festung Ehrenbreitstein. Imposant liegt die Zitadelle auf einem der weinbewachsenen Hügel auf der rechten Rheinseite hoch über dem Strom. Schließlich erreicht Wafzig das Deutsche Eck. Auf dem Denkmal am Zusammenfluss zwischen Mosel und Rhein weht die Bundesflagge, seitdem der damalige Bundespräsident Theodor Heuss 1953 das Denkmal zum Mahnmal der deutschen Einheit erklärt hat. Das ursprüngliche Reiterstandbild von Kaiser Wilhelm I. wurde gegen

Ende des 2. Weltkrieges zerstört und ist bislang nicht wieder aufgestellt worden. Nach einem letzten Blick auf den Zusammenfluss von Rhein und Mosel geht Wafzig über die Karmeliterstraße zurück ins LKA, wo die Zeugenvernehmungen der Gendarmerie auf ihn warten.

April 1946 bis Juni 1947
Zeugenvernehmungen durch Capitaine Wecker

»Vernehmung Herbert Peters, 46, Pensionär aus Andernach am 6. April 1946: Er bemerkte am 1. April gegen 11.00 Uhr, etwa anderthalb Kilometer außerhalb von Andernach, auf der Straße zum Burgerhaus, sieben Personen, die an ihm vorbeigingen. Zwei trugen eine bräunliche Uniform, fünf waren in Zivil. Er hörte einwandfrei, dass sie sich auf Polnisch und Russisch unterhielten. Die beiden Uniformierten trugen Schiffchen als Kopfbedeckung. Sie hatten keine Abzeichen, aber auf einem Arm einen roten Streifen mit einem weißen D. Beide hatten einen Seesack dabei. Peters sah in ihren Gesäßtaschen die Umrandung einer Schusswaffe. Die Mündung schaute hervor. Der Zeuge war Soldat gewesen und meint mit Bestimmtheit sagen zu können, dass es sich bei den Waffen um zwei P08 handele. Beide Männer waren tätowiert, der eine an der Hand, der andere auf der Brust. Peters konnte dies erkennen, da der Besagte das Hemd offen trug. Da die Gruppe einen herausfordernden Eindruck machte, ist der Zeuge dann seines Weges gegangen. Er sagt, bei einer Gegenüberstellung würde er sie wiedererkennen.«

»Vernehmung Hermann Blum, 53, Landwirt auf einem Hof in Andernach: Der Zeuge gab am 9. April 1946 zu Protokoll, dass sich am 1. April 1946 gegen 22.30 Uhr jemand seinem Anwesen näherte. Er hat die Personen nur von Weitem gesehen und kann keine Hinweise zu ihrem Aussehen und ihrer Kleidung geben. Er hatte aber den Eindruck, dass mindestens zwei von ihnen Uniformen trugen. Es waren insgesamt sechs oder sieben Personen.«

»Vernehmung Förster Heinrich Bauer, 58, aus Namedy am 11. April 1946: Der Zeuge berichtete, dass seine Hunde jemanden verfolgten, der sich in der Nähe seines Hauses herumtrieb. Er selbst hatte allerdings niemanden gesehen, nur das aufgeregte Gebell der Hunde gehört. Er hält den Wald bei Namedy für ein Terrain, das sich ausgezeichnet als Versteck eignet. Er schlägt deshalb eine Militäroperation vor.«

Interessant, denkt Wafzig. Das waren durchaus wertvolle Hinweise, wenn auch nicht alle neu. Aber was die Franzosen aufgrund der Vernehmungen unternommen haben, erschließt sich ihm aus den Akten nicht. Die Durchsuchung des Waldes bei Namedy erfolgte jedenfalls erst ein Jahr später, und nach den beiden Tätowierten wurde in den Lagern der Polen und Russen nicht gesucht. Auch wurden die Insassen des Lagers Niederlahnstein nicht befragt.

Stattdessen vermerkte der französische Leiter der Ermittlungen mit Datum vom 10. April 1946, dass aus dem Lager Niederlahnstein zweitausend Insassen nach Bayern verlegt wurden.

Es gab aber auch noch weitere Spuren, denen die Franzosen nachgingen. So liest Wafzig, dass aufgrund des vermeintlich genannten Namens »Ludwig« ein Pole aus Neuwied in Verdacht geriet.

> *»Vernehmung des Arbeiters Heinz G., 35, aus Nickenich am 13. Juni 1946: »Dem Zeugen begegnet am 31.3.1946 in Nickenich der Pole Ludwig Lukowski aus Neuwied. Lukowski ist etwa 1,70 Meter groß, mittlere Figur, dunkle Haare, blasser Teint, vollständig rasiert, schwarzer Anzug, schwarze Schuhe, keine Kopfbedeckung. Bei nachfolgenden Befragungen in Neuwied sagten mehrere Personen aus, dass er über den 01.04. nicht zu Hause war. Er selbst verwickelte sich bei den dann folgenden Befragungen in Widersprüche, ebenso seine Entlastungszeugen.«*

Die offenbar festgestellten Widersprüche sind allerdings nicht dokumentiert. Die Spur wurde von den Franzosen augenscheinlich auch nicht weiterverfolgt. Wafzig schüttelt fassungslos den Kopf. Was wird er noch an Versäumnissen und Schlampereien in den französischen Akten lesen müssen? Doch der Spur »Ludwig« will er auf jeden Fall nachgehen. Denn diesen Namen hatte auch der Zeuge Christian Gerb genannt.

Der Verdacht der französischen Gendarmen richtete sich danach gegen zwei Fremdarbeiter. Eine Zeugin hatte am Tag des Überfalls sieben Personen an ihrem Haus vorübergehen sehen. Darunter hatte sie zwei Arbeiter ihres Nachbarn erkannt. Deren Namen waren sogar bekannt: Fedor Nowak und Witek Zilienski, beide 1922 in Polen geboren. Aber auch zu dieser Spur wurde offenbar nichts weiter unternommen. Wafzig findet jedenfalls dazu keinerlei Hinweise in den Protokollen.

Er muss nun zu seinem Erstaunen erkennen, dass danach die Ermittlungen der Franzosen erst einmal ruhten. Im Mai 1947 kam es zu der von Pickel geschilderten Festnahme einer Bande von polnischen und russischen DPs im Wald von Namedy. Man fand dabei einige bei Überfällen geraubte Gegenstände wie Kleidungsstücke, Decken, Koffer, Radiogeräte und Lebensmittel. Ein Abgleich mit den geraubten Gegenständen vom Burgerhof erfolgte allerdings nicht.

Bei der Polizeiaktion wurde ein Bandenmitglied getötet, zwei konnten fliehen, die restlichen wurden festgenommen und im Zuchthaus von Diez inhaftiert. Der Getötete, so erfährt Wafzig, hieß Fedor Nowak. Unter den Festgenommenen befanden sich zudem Pawel Gerassimov und Alexander Bukov, die zwei, die Wafzig von Katharina Windheuser als Mittäter genannt worden waren. Allerdings hatte sie die Verdächtigen nicht identifiziert, als man ihr die inhaftierten Bandenmitglieder bei einer Gegenüberstellung vorführte.

Mit steifem Nacken und schmerzendem Rücken drückt Wafzig die Zigarette in dem bereits übervollen Aschenbecher aus.

Er steht auf und reckt sich ein wenig. Wenn der Stuhl Raumwunder nur ein wenig bequemer wäre! Er denkt über das Gelesene nach. Die Franzosen zeigten augenscheinlich wenig Interesse an der Aufklärung des Falles. Pickel hat in diesem Punkt vollkommen recht gehabt.

Dabei gab es durchaus interessante Hinweise und Spuren.

Wafzig setzt sich wieder auf den für ihn viel zu kleinen Stuhl, zieht die Olympia zu sich heran und beginnt seine Erkenntnisse ordentlich zu tippen:

1. Pawel Gerassimov und Alexander Bukov waren aller Wahrscheinlichkeit nach an den Morden im Burgerhaus beteiligt. Sie wurden von Katharina Windheuser auf Fotos identifiziert. Nach ihrer Festnahme im Wald von Namedy im Mai 1947 waren sie in Diez inhaftiert. Es gilt, ihren Verbleib zu klären.
2. Es gab einen Hinweis auf einen möglichen weiteren Täter, der sich im Hof befunden hatte. Es handelte sich um Ludwig Lukowski aus Neuwied. Der Zeuge Gerb hatte den Namen Ludwig gehört. Die Spur sollte weiterverfolgt werden.
3. Am 1. April 1946 wurden von einer Einwohnerin Andernachs zwei weitere mutmaßliche Täter benannt: die ehemaligen Zwangsarbeiter Fedor Nowak und Witek Zilienski. Fedor Nowak wurde bei der Razzia im Wald von Namedy getötet. Der Verbleib von Witek Zilienski ist zu klären.
4. Hauptverdächtig sind weiterhin Wladimir Inguschin und Michail Nemzow. Sie wurden von Katharina und Hanni Windheuser sowie dem Zeugen Peters als Täter identifiziert.

Wafzig beschließt, zunächst in die Haftanstalt nach Diez zu fahren, um dort möglicherweise den jetzigen Aufenthalt von Pawel Gerassimov und Alexander Bukov zu erfahren. Danach wird er der Spur »Ludwig« nachgehen und sich dann um den Verbleib von Wladimir Inguschin und Michail Nemzow kümmern.

Befriedigt zieht er die Seite aus der Olympia und legt sie in seine Handakte. Das Feierabendbier hat er sich jetzt verdient. Er überlegt kurz, ob er in die sogenannte Spelunke gehen soll. In der kleinen Kneipe gleich neben dem LKA treffen sich die Kollegen gerne nach Feierabend zum Kartenspiel. Aber ihm ist heute nicht nach Kneipenluft und derben Männerwitzen. Er weiß, dass auch der alte Witwer immer einige Flaschen Bier im Kühlschrank hat.

25. MÄRZ 1949
WLADIMIR

Berta hatte Wladimir kurz vor Weihnachten aus ihrem Bett und ihrer Wohnung geworfen. Das war nach der Nachricht gewesen, die sie vom Suchdienst des Deutschen Roten Kreuzes erhalten hatte. Das Flüchtlingshilfswerk in Hamburg teilte ihr mit, man habe ihren für tot erklärten Mann im Lager Karpinsk, im Oblast Swerdlowsk, in Sibirien gefunden. In einigen Wochen sollte er nach Hause kommen.

»Es war eine gute Zeit mit dir«, hatte Berta ihm eröffnet, »aber nun kommt mein Mann zurück, und du musst gehen.«

Von einem auf den anderen Tag musste Wladimir seine Habseligkeiten zusammenpacken und die Wohnung im Stavenhof verlassen. Wieder einmal, so dachte er wütend, bescherten die Deutschen seinem Leben eine bittere Wendung. Man hatte Bertas Mann gefunden, und nun war für ihn kein Platz mehr in ihrem Herzen und ihrem Heim. Wladimir fühlte sich hintergangen, belogen und betrogen. Er hatte Bertas Liebesschwüren geglaubt und war zum ersten Mal seit vielen Jahren wieder glücklich gewesen. Allerdings, seitdem der Schwarzmarkt mit der Währungsreform am 20. Juni

1948 zusammengebrochen war, hatte sich Bertas Verhalten allmählich geändert.

Die Schaufenster der Geschäfte waren jetzt voll mit Dingen, von denen die Kölner in den letzten Monaten nur zu träumen gewagt hatten: Es gab Äpfel, Brot, Butter, Eier, aber auch Kleider, Anzüge, Blusen, Hemden und Schuhe. Für Schmuggelzigaretten und Knolli-Brandy fanden sich so gut wie keine Abnehmer mehr. Berta hatte am Tag der Währungsreform, so wie alle registrierten Deutschen, vierzig Deutsche Mark als Startkapital erhalten. Aber die Reichsmark, die sie besaß, wurde nur zum Teil und zu einem schlechten Kurs in die neue Währung umgetauscht. Für ihre zehntausend Reichsmark hatte sie gerade einmal sechshundertfünfzig D-Mark bekommen. Berta arbeitete jetzt als Näherin in der Textilfabrik Brügelmann. Immer häufiger hatten sie sich deshalb gestritten. Berta verlangte, dass er sich endlich auch eine Arbeit suchte. Aber Wladimir konnte sich nicht vorstellen, jemals wieder für Deutsche zu arbeiten.

Er hatte seine wenigen Habseligkeiten gepackt, als Berta bei der Arbeit war. Den Ring, den er ihr geschenkt hatte, steckte er ein, ebenso ihren goldenen Ehering und das silberne Medaillon mit dem Bild ihrer Eltern. In der Wäschetruhe fand er auch noch hundert D-Mark. Hans, einer seiner ehemaligen Schmuggelkumpane hatte ihm angeboten, für zehn Mark monatlich erst einmal bei ihm in Ratingen zu wohnen. Hans war Kriegsversehrter, sein linker Arm war nach einer Granatsplitterverletzung in Frankreich amputiert worden. In seiner Zeit als Kriegsgefangener in einem französischen Lazarett hatte er ein wenig die Sprache gelernt. Das war ihnen bei ihrem Handel mit den französischen Soldaten von Nutzen gewesen. Aber nun lebte Hans von seiner mickrigen Versehrtenrente und den Almosen, die er auf der Straße erbettelte.

Hans war ein missmutiger, verbitterter Mann. Er haderte mit seinem Schicksal, mit dem amputierten Arm, der ihn eigenartigerweise offenbar hin und wieder schmerzte, beklagte seine magere Versehrtenrente und dass er, der »für's Vaterland« gekämpft hatte, nun auf mildtätige Gaben, auf »Brosamen« seiner Landsleute, angewiesen war. Seine Kellerwohnung in der halb zerstörten Schützenstraße in Ratingen war klein und muffig, und Wladimir musste für seine zehn Mark auf einer alten Matratze auf dem Boden in der Küche schlafen. Aber wenigstens hatte er ein Dach über dem Kopf. Auch wenn es kalt war und Wladimir wieder Hunger litt. Denn außer dünner Suppe mit einem Stück Brot stand meistens nicht mehr auf dem wackeligen Küchentisch. Wladimir wusste allerdings genau, dass Hans vom Metzger an der Ecke hin und wieder ein Stück Speck oder Wurst zugesteckt bekam.

Seine Tage verbrachte Wladimir mit Streifzügen durch den Ort und dem Auskundschaften der Wohnungen und Häuser. Im Gasthaus Rudolf Flammer hatte er Jan kennengelernt, einen ehemaligen polnischen Zwangsarbeiter, der – wie er selbst – nach dem Krieg nicht in die Heimat zurückgekehrt war. Jan lebte von gelegentlichen Hilfsarbeiten auf einer der vielen Baustellen in der Innenstadt von Ratingen. Die Stadt war an einem sonnigen Tag im März '45 eines der Hauptziele der Luftangriffe der Alliierten gewesen und innerhalb kurzer Zeit in einem Hagel von Spreng- und Brandbomben fast völlig zerstört worden. Von der Kirche St. Peter und Paul waren lediglich die drei Türme stehen geblieben, und viele Häuser am Marktplatz und in den umliegenden Straßen lagen noch immer in Trümmern.

Wladimir musste Jan nicht lange überreden, sich an den Deutschen lieber schadlos zu halten, als ihnen beim Aufbau der Stadt zu helfen. Schließlich war Nazi-Deutschland auch mit Jan unmenschlich umgegangen. Nachdem die Ratinger Eisengießerei, wo Jan die Kessel beheizen musste, zerstört worden war, blieb ihm wie den meisten Zwangsarbeitern in der Stadt nichts anderes übrig, als zu plündern und zu stehlen. Niemanden kümmerte es, wo sie schliefen und woher sie zu essen bekamen; sie waren ganz und gar auf sich allein gestellt.

»Aber wehe, man wurde beim Plündern oder Stehlen erwischt«, erzählte Jan Wladimir schon bei ihrer ersten Begegnung. Noch zwei Wochen vor dem Einmarsch der Amerikaner habe die Gestapo im Kalkumer Wald zehn Männer und eine Frau wegen Plünderung erschießen lassen. Als die Amerikaner von dem Verbrechen erfuhren, ließen sie die Leichen, wie Jan maliziös lächelnd hinzufügte, durch die größten Nazis der Stadt exhumieren und auf dem Friedhof von Ratingen beisetzen.

Die Wohnungseinbrüche und Ladendiebstähle, die sie bald danach zu zweit unternahmen, waren ganz einfach zu bewerkstelligen: Die schlecht gesicherten Kellertüren der von ihnen ausgekundschafteten Häuser ließen sich leicht aufbrechen, auch der Einstieg durch die mit Brettern zusammengezimmerten Notfenster in die Geschäfte und Läden war ganz und gar mühelos. Ihre Beute, meist Tabak, Schnaps, Schokolade oder auch mal ein Fahrrad oder Radiogerät, verkaufte Hans für sie – nicht ohne seinen Anteil am Erlös zu fordern. Aber Hans besorgte Wladimir auch endlich wieder eine Pistole. Als er die P08 in seiner Gesäßtasche spürte, merkte er, dass er das Gefühl von Macht, das ihm der Besitz einer Waffe verlieh, vermisst hatte.

Nur das Zusammenleben mit Hans wurde zunehmend schwieriger. Der Komplize von früher verlangte einen immer größeren Anteil am Erlös der Beute. Wenn Wladimir sich weigerte, zeterte der verbitterte Kriegsversehrte, er werde ihn verraten und anzeigen. Es war höchste Zeit, Hans und die Matratze auf dem Küchenboden hinter sich zu lassen. Jan hatte ihm von einem Polen-Lager in Lintorf erzählt, wo die Briten den Displaced Persons auch die Ausreise nach England, Kanada oder in die USA ermöglichten. Wladimirs Entschluss stand danach fest: Er wollte so schnell wie möglich nach Lintorf. Vielleicht würde sein Traum von einem neuen Leben in Übersee doch noch wahr werden.

3. NOVEMBER 1964
ZUCHTHAUS DIEZ

Wafzig ist heute Morgen trotz des nasskalten Wetters am Moselstausee. Er genießt das lautlose Gleiten über das Wasser, das rhythmische Vor und Zurück auf dem Rollsitz beim Eintauchen der Skulls. Der Sport macht seinen Kopf frei. Das Rudern gefällt ihm inzwischen sogar besser als die Jagd auf ein Tor gemeinsam mit zehn Kameraden. Er zieht das Boot ans Ufer und macht es fest.

Nach dem Duschen zieht er sich in der Umkleide des Clubs um. In Jackett und Hose schultert er die Tasche mit seinen Sportsachen und geht zu seinem Ford. Er will von hier direkt ins Zuchthaus nach Diez fahren, um möglicherweise etwas über den Aufenthalt der von den Franzosen inhaftierten, mutmaßlichen Mörder, Pawel Gerassimov und Alexander Bukov, zu erfahren.

In den letzten Monaten hat er seine Ermittlungen zu den Burgerhaus-Morden wohl oder übel vernachlässigen müssen. Abteilungsleiter Seiters hat ihn wiederholt zu aktuellen Fällen herangezogen. An einem seiner freien Tage war er allerdings in Neuwied gewesen, um nach dem Mann mit Namen Ludwig zu fahnden, der von Christian Gerb und einem weiteren Zeugen als einer der möglichen Täter genannt worden war. Wafzig hatte dann tatsächlich den Bäckermeister ausfindig gemacht, bei dem der Pole während des Krieges gearbeitet hatte. Der Meister erzählte ihm, dass Ludwig stets ein guter Arbeiter gewesen sei, deshalb habe er ihn nach dem Krieg als Gesellen eingestellt.

An die Befragung durch die französischen Gendarmen erinnerte sich der Bäcker gut. Er selbst sei auch vernommen worden. Er war sich damals allerdings sicher gewesen, dass sich Ludwig am Abend der Tat, am 1. April 1946, in seinem Zimmer über der Backstube aufgehalten hatte. Ludwig sei ja danach auch von der Gendarmerie auf freien Fuß gesetzt worden. Inzwischen, so erfuhr Wafzig, zähle das alles sowieso nicht mehr, denn Ludwig war inzwischen verstorben. Vor sechs Jahren, im Juli 1958, war er mit einem Traktor tödlich verunglückt. Er war von der Straße abgekommen und unter dem Deutz D 15 begraben worden. »Wir haben ihn hier auf dem Friedhof beerdigt«, meinte der Bäckermeister noch. »Denn schließlich war er inzwischen einer von uns.«

Wafzig verabschiedete sich und strich den Namen Ludwig von der Liste seiner Verdächtigen.

Nun fährt er über die Pfaffendorfer Brücke und von dort nach Lahnstein. Auf der zweistündigen Fahrt entlang der Lahn, über Bad Ems und Nassau nach Diez, denkt er an die unheilvolle Geschichte des Gefängnisses während der Zeit des Nationalsozialismus. Während seiner Ausbildung zum Kriminalkommissar hatte ihm ein Kollege, der mit seinen Eltern ganz in der Nähe des Gefängnisses gelebt hatte, davon erzählt. In die Strafanstalt waren ab 1935 Gegner des Nationalsozialismus eingeliefert und von dort in Konzentrationslager überstellt worden. Als 1939 das Stammlager Limburg für Kriegsgefangene aus den von den Nazis eroberten Gebieten angelegt wurde, kamen Insassen, die sich eines Vergehens an der Lagerordnung schuldig gemacht hatten, in die Strafanstalt. An nicht wenigen wurde dann dort die Todesstrafe vollstreckt. Bei der Bevölkerung brachte das dem Zuchthaus den Namen »Endlager Diez« ein. Die letzten Gefangenen, die in der ehemaligen Lehmgrube der Strafanstalt im Herbst 1944 von einem Erschießungskommando hingerichtet wurden, waren sechzehn luxemburgische Widerstandskämpfer. Sie waren aufgrund von Hitlers »Nacht-und-Nebel-Erlass« von der Gestapo heimlich ins Stammlager Limburg verschleppt worden. Keiner der hingerichteten luxemburgischen Nazigegner war älter als vierundzwanzig Jahre gewesen.

Heute, so weiß Wafzig, sitzen in Diez neben den ganz »normalen« Straftätern auch die Männer ein, die solche Gräuel in der NS-Zeit begangen haben. Die Gefängnisleitung von damals und einige der Aufseher waren vom französischen »Tribunal général« zu Haftstrafen von bis zu zwanzig Jahren verurteilt worden, der Leiter der Anstalt sogar zu lebenslänglich. Aber auch Georg Heuser, der ehemalige Leiter des LKA, muss gegenwärtig in Diez seine fünfzehnjährige Freiheitsstrafe wegen Beihilfe zum Mord in über elftausend Fällen verbüßen.

Wafzig interessiert sich heute aber lediglich für die Zeit, als Diez den französischen Besatzungsbehörden als Strafanstalt gedient hatte. Er parkt den Taunus vor dem kreuzförmigen, vierstöckigen Bau. Nachdem er sich an der Pforte vor der schweren Eisentür ausgewiesen hat, begleitet ihn ein Vollzugsbeamter in das Büro des Leiters der Anstalt, Werner Halbig. Der Gefängnisdirektor ist ein schmächtiger Mann mit schütterem Haar und leicht verkniffenen Gesichtszügen. Sein brauner Anzug sitzt schlecht, und die gestreifte Krawatte hat eindeutig einen Fettfleck. Ein typischer Bürohengst, denkt Wafzig und erwidert den schlaffen Händedruck.

»Guten Tag, Herr Kommissar. Wie kann ich Ihnen helfen? Ich hoffe, Sie wollen nicht Ihren ehemaligen Chef, Georg Heuser, sprechen. Dafür brauchen Sie eine Sondererlaubnis des Gerichts. Aber das wissen Sie ja sicher.«

»Nein, Herr Halbig, deshalb bin ich nicht hier. Mich interessieren zwei ehemalige Strafgefangene aus der Zeit der französischen Besatzung. Die Verurteilten wurden von den Franzosen ja hierher, nach Diez, verbracht. Es geht um zwei ehemalige Displaced Persons, die höchstwahrscheinlich Mittäter in einem neunfachen Mordfall aus dem Jahr 1946 waren.«

Der Direktor der Anstalt mit über vierhundert Insassen ist sichtlich erstaunt. »Das ist aber sehr lange her. Ich weiß nicht, ob ich Ihnen dabei helfen kann und ob wir überhaupt noch Unterlagen haben. Um welche Gefangenen geht es denn?«

»Im Mai 1947 wurde im Wald von Namedy bei Andernach eine Bande von ehemaligen polnischen und russischen Zwangsarbeitern wegen mehrerer Diebstähle und Überfälle festgenommen. Die drei, die lebend gefasst werden konnten und nicht geflohen sind, wurden nach ihrer Verurteilung offenbar hier in Diez inhaftiert. Die beiden, die mich interessieren, heißen Pawel Gerassimov und Alexander Bukov. Sie sind dringend verdächtig, gemeinsam mit anderen einen neunfachen Mord bei Andernach begangen zu haben. Für mich wäre von großem Interesse, wo sie sich nach ihrer Entlassung aufgehalten haben.«

Der Direktor atmet hörbar ein. »Ich weiß, dass damals marodierende Banden von ehemaligen Zwangs- und Fremdarbeitern auch hier in der Gegend die schlimmsten Taten begangen haben. Die verurteilten Räuber, Vergewaltiger oder Mörder wurden dann in der Tat hier inhaftiert. Aber damals wurde alles schlecht dokumentiert. Nach Verbüßung ihrer Strafe wurden die meisten Gefangenen einfach entlassen, ohne Vermerk über den künftigen Verbleib. Das ist zum Glück heute anders.«

»Das weiß ich, Herr Direktor. Aber vielleicht könnten Sie doch in Ihren Zu- und Abgangsbüchern nachsehen, ob es eventuell noch Unterlagen über die beiden gibt. Sie sind für mich, wie gesagt, dringend der Mittäterschaft an dem grausamen Überfall verdächtig. Das LKA will den Fall endlich aufklären, ehe er möglicherweise schon bald verjährt.«

Nur zögernd erhebt sich Halbig von seinem Stuhl. Es ist ihm sichtlich lästig, in den alten Registern nach den von Wafzig Genannten zu suchen. Er geht an einen großen Wandschrank. »Wann, sagten Sie, wurden die beiden, Bukov und Gerassimov, inhaftiert?«

»1947, irgendwann nach ihrer Festnahme im Mai.«

Halbig fährt mit den Fingern über die mit Jahreszahlen beschrifteten grauen Bände. »Ah, hier haben wir es.« Er nimmt ein Registerbuch aus dem Regal, und nach langem Blättern findet er tatsächlich die gesuchte Seite:

»Hier sind die beiden, Bukov und Gerassimov. Inhaftiert am 3. Juni 1947, entlassen am 25. Mai 1953. Kein Vermerk über ihren weiteren Verbleib. Vielleicht wurden sie in die Heimat zurückgeschickt.«

Wafzig ist enttäuscht, er hatte sich von seinem Besuch in Diez mehr erhofft. Halbig blättert allerdings noch immer durch das Register über die Zu- und Abgänge der Gefängnisinsassen. Plötzlich schaut er hoch: »Vielleicht kann ich Ihnen doch noch weiterhelfen. Ich sehe gerade, dass ein gewisser Watzlaw Petrow ab 1949 der Zellengenosse von Pawel Gerassimov war.

Eine neue Spur! Wafzig zückt seinen Notizblock. »Das ist interessant, was können Sie mir über den Mann sagen?«

»Watzlaw Petrow ist Russe, geboren 1921 in Jaroslawl. Er kam als Kriegsgefangener nach Hanau. Er wurde 1946 wegen Diebstahls verurteilt und im Mai 1947 in Diez inhaftiert. In einem weiteren Verfahren 1950 wurde er wegen Mordes zu zwanzig Jahren Zuchthaus verurteilt und 1951 nach Werl verlegt. Dort müsste er eigentlich noch immer einsitzen.«

Bei guter Führung könnte Petrow vor Ablauf seiner Strafe entlassen werden, überlegt Wafzig. Der Russe hätte also womöglich durchaus Interesse daran, mit ihm zu kooperieren. Wafzig beschließt, möglichst bald nach Werl zu fahren, um mit Petrow zu reden. Außerdem will er endlich auch Staatsanwalt Karl Gell sprechen, der die Ermittlungen Anfang der Fünfzigerjahre geleitet hatte. Sie waren, wie Wafzig bei der ersten Durchsicht der Akten feststellen musste, nicht erfolgreich verlaufen. Letztendlich kamen Gell und seine Ermittler zu keinem Ergebnis.

Nachdem Wafzig sich bei Halbig bedankt und schließlich verabschiedet hat, überlegt er, ob er auf der Rückfahrt nach Koblenz einen Abstecher zu seinen Eltern nach Bad Ems machen soll. Sie haben ihre Konditorei samt Café in der Nähe des Kurhauses inzwischen verkauft, leben aber noch immer in der alten Wohnung darüber. Beides, Wohnung und Café, hatte die Familie nach dem Krieg räumen müssen. Die französischen Besatzungsbehörden beschlagnahmten die Räume für ihre nachrückenden Soldaten. Vater, Mutter und Sohn waren bei Verwandten untergekommen. Als man nach dem Abzug der Franzosen 1949 endlich zurückkehren konnte, hatte sich ihr damals zwanzigjähriger Sohn bereits gegen das Konditorhandwerk und für den Polizeiberuf entschieden.

Wafzig beschließt nach reiflichem Überlegen, auf den Besuch zu verzichten. Das Verhältnis zum Vater ist seit damals nicht das beste, und auch auf die unausweichlichen Fragen der Mutter nach Heirat und Enkelkindern kann er verzichten. Stattdessen hält er kurz hinter Bad Ems in Dausenau am Alten Gasthof an der Lahn. Es ist später Nachmittag, und Wafzig hat Hunger. An das Fachwerkhaus erinnert er sich noch aus Kindertagen. Bei einer Rast in dem Gasthof hatte ihm der Vater stolz erklärt, dass hier schon Goethe auf seinen Reisen mehr als ein halbes Dutzend Mal eingekehrt war. Er zeigte ihm auch die Tischplatte, auf der unter einer Glasplatte ein Vers gekritzelt war. »Den Vers hat Goethe geschrieben«, dozierte der Vater, »er wurde damals von Gästen am Nebentisch verspottet, weil er nur Schorle trank.« Der Vater deklamierte laut den Text, an den sich Wafzig sogar noch erinnert:

»Wasser allein macht stumm,
das zeigen im Bach die Fische.
Wein allein macht dumm,
siehe die Herrn am Tische.
Da ich keins von beiden will sein,
trink ich Wasser mit Wein.«

Die Tischplatte mit Goethes Kritzeleien ist nicht mehr da, Wafzig entdeckt jedoch am Eingang zur Gaststube ein gerahmtes Notenblatt, darauf die erste Strophe des Liedes »Es steht ein Wirtshaus an der Lahn«. Angeblich sollen die derben Verse über »Die Wirtin von der Lahn« auch hier ihren Ursprung haben. Amüsiert erinnert sich der Kommissar daran, wie er und seine Freunde die Reime prustend und lachend auf dem Schulhof deklamiert hatten. Ein Schulkamerad hatte zu Hause ein Heft mit den Versen entdeckt, es heimlich entwendet und mitgebracht.

Als er die Gaststube betritt, sind nur wenige Gäste da. Am Stammtisch spielen ein paar Männer Karten. In einer Ecke der düsteren Gaststube sitzt ein Pärchen in Trainingshosen und Windjacken vor einem Krug Wein. Es waren wohl ihre Fahrräder vor dem Haus, denkt Wafzig und grüßt freundlich in die Runde. Bei dem eilfertig heraneilenden Kellner bestellt er eine Bratwurstschnecke mit Kartoffelpüree und Sauerkraut, dazu ein frisch gezapftes Bier. Heute Nacht werde ich sicher schlecht schlafen, sagt er sich, aber besser schlecht schlafen als schlecht essen. Als das Essen kommt, bereut er diese Entscheidung nicht.

12. FEBRUAR 1950
WLADIMIR

Seit drei Monaten war Wladimir nun im Lager Lintorf. Es war größer als Niederlahnstein und, wie Wladimir bald feststellen musste, keinen Deut besser als die ehemalige Kaserne bei Koblenz. Die rund siebzig Baracken von Lintorf verteilten sich zwischen Birken auf dem riesigen Areal An der Rehhecke. Die Unterkünfte hatten einfache Betonböden, die Dächer aus Teerpappe waren inzwischen durch Regen und Schnee so aufgeweicht, dass sie kaum mehr Schutz vor Wind und Kälte boten. Für jede Baracke gab es nur einen Waschraum und wenige Toiletten. Zu Wladimirs Entsetzen waren die einzelnen Zimmer zudem lediglich durch Vorhänge und Teppiche voneinander getrennt. Er konnte nicht verstehen, warum die Briten die Bewohner des Lagers noch Jahre nach dem Krieg in diesen elenden Baracken, die von der Organisation TOD für die Zwangsarbeiter der Firma Krupp in Essen errichtet worden waren, zusammenpferchten. Schließlich waren sie, die Polen, Balten, Russen oder Ukrainer, doch Verbündete gewesen gegen Nazi-Deutschland!

Man hatte ihm und Jan ein gemeinsames Quartier in Baracke 28 zugewiesen. Der Komplize hatte beschlossen, Ratingen zu verlassen, nachdem das halb zerstörte Wohnhaus, das er mit anderen ehemaligen Zwangsarbeitern besetzt hatte, von der Polizei geräumt worden war. Es musste Wohnraum für die deutsche Bevölkerung geschaffen werden. Hier in Lintorf, so erfuhren sie, sollten sie allerdings für ihren Aufenthalt bezahlen, denn die Briten hatten die kostenlose Unterbringung und Verpflegung ausgesetzt. Man erwartete sogar von ihnen, dass sie sich eine Arbeit suchten. Für Wladimir stand allerdings immer noch fest, dass er das auf keinen Fall tun würde. Es gab schließlich andere Mittel und Wege, um an Geld zu kommen.

In Lintorf waren zum überwiegenden Teil polnische Displaced Persons, aber auch Russen, Bulgaren, Jugoslawen und Ukrainer untergebracht. Alle hofften darauf, eingebürgert zu werden oder in ein westliches Land ausreisen zu dürfen. Die Repatriierungszüge nach Osten hatten die Briten nämlich eingestellt, nachdem bekannt geworden war, dass diese nicht in Warschau, Belgrad, Bukarest oder Kiew hielten, sondern direkt nach Sibirien durchfuhren. Wladimir hatte bereits bei seiner Registrierung angegeben, dass er die Ausreise in die USA oder nach Kanada wünschte. Er war kurz danach von einem Arzt als ausreisefähig eingestuft worden, gehörte also nicht zu der bedauernswerten Gruppe der sogenannten »hard-core cases«, denen eine Aufnahme in einem Drittland verwehrt blieb, weil sie physisch oder psychisch krank, alt und gebrechlich, straffällig oder alleinerziehende Mütter waren.

Er und Ian teilten sich die Baracke mit drei Ehepaaren und mindestens fünfundzwanzig alleinstehenden

Männern. Schon bald nahmen sie gemeinsam mit einigen Polen wieder ihre Raubzüge in die Umgebung auf. Sie hatten es auf Bekleidung, Fahrräder und vor allem Alkohol abgesehen. Den konnten sie gegen die eine oder andere Flasche Schnaps sogar unter den Augen der polnischen Lagerpolizei direkt an die Männer im Lager verkaufen. Wladimir selbst trank nicht, aber die meisten anderen Männer ertränkten das Lagerleben, ihr Heimweh und ihre Einsamkeit in billigem Fusel. Schon am frühen Morgen ging der eine oder andere, in der Hand eine blecherne Milchkanne, in einen wenige Kilometer entfernten Kramerladen, um sich dort Schnaps und Branntwein abfüllen zu lassen. Ihren Rausch schliefen sie dann bestenfalls auf einer großen Wiese vor dem Lager aus. Doch der Alkoholkonsum führte immer wieder zu heftigen Schlägereien und anderen, noch hässlicheren Zwischenfällen, vor allem zwischen Polen und Ukrainern. Im Lager gab es einige Frauen, die für Geld bereit waren, die Bedürfnisse einsamer Männer zu befriedigen. Auch Wladimir nahm ihre Dienste hin und wieder in Anspruch. Doch nicht alle hatten das Geld dafür. Und einige der Männer hielten sich dann an den weiblichen Lagerinsassen schadlos. Vergewaltigungen gehörten zum Lageralltag genauso wie Messerstechereien und Raub.

Als eines Tages ein erst vierzehnjähriges Mädchen von sechs bis acht Ukrainern vergewaltigt worden war und an den Folgen der stundenlangen Tortur starb, eskalierte der Streit zwischen den Nationalitäten. Die deutsche Polizei, die inzwischen für die Ordnung im Lager zuständig war, durchsuchte alle Baracken und befragte die

Insassen, aber die Täter wurden nicht ermittelt. So gab es weitere Tote unter den verfeindeten Volksgruppen.

Wladimir hielt sich aus allem heraus, er wollte seine Ausreise nicht gefährden. Er hoffte lediglich, dass die Zeit in Lintorf für ihn bald vorüber wäre. Da geschah eines Tages etwas vollkommen Unerwartetes: Er sah seinen Freund Michail wieder.

Es war das orthodoxe Weihnachtsfest am 7. Januar 1950. Es war ein wenig wärmer geworden. Das Eis auf den Dächern der Baracken war getaut, und hin und wieder kam die Sonne zwischen grauen Wolken zum Vorschein. Einige russische und ukrainische Familien hatten auf dem morastigen Boden zwischen den Baracken Tische zusammengestellt, und alle hatten mitgebracht, was sie entbehren konnten. Auf den mit Laken, Vorhängen und Birkenzweigen dekorierten Tischen gab es sogar Schüsseln mit Pelmeni, den traditionellen russischen Teigtaschen, gefüllt mit Kartoffeln, Gemüse und Kräutern. Russen und Ukrainer und einige Polen, die sich dazugesellt hatten, saßen friedlich auf den aus Kisten und Brettern gebauten Bänken zusammen. Man aß und trank und feierte gemeinsam die Geburt des Herrn. Da entdeckte Wladimir plötzlich Michail an einem der Tische, zwischen zwei Frauen, offensichtlich Mutter und Tochter.

»Michail«, rief er voll Freude und rannte auf den Freund zu, der vom Stuhl aufsprang, ihm entgegenlief und ihn fest umarmte.

»Wo kommst du her, brat, Brüderchen? Kai dela, wie geht es dir …? Setz dich zu uns, ich bin glücklich, dich zu sehen.«

Wladimir hätte Michail gerne für sich alleine gehabt. Es war so viel geschehen in den letzten vier Jahren, seit dem Überfall auf das Burgerhaus und der Zeit im Wald von Namedy. Er wollte wissen, wie es dem Freund seitdem ergangen war. Aber Michail zerrte ihn mit an den Tisch und stellte ihm Vater, Mutter und Tochter Oparko vor. Es war augenscheinlich, dass er ein Auge auf die hübsche Tochter mit den runden Hüften und dem blonden Zopf geworfen hatte.

»Das ist mein Freund Wladimir. Wir sind 1945 als Deserteure der Roten Armee nach Westdeutschland geflohen. Hier, schaut, ich habe sogar noch ein Bild aus den Kriegstagen.«

Michail zeigte ein Foto, auf dem er in russischer Uniform gemeinsam mit einem russischen Offizier zu sehen war. »Den habe ich im Streit erschossen«, meinte er ungerührt. »Danach musste ich fliehen.«

Wladimir wunderte sich über die von Michail ganz offensichtlich erfundene Geschichte. Wollte der Freund damit vor der Tochter angeben? Das misslang ihm gründlich. Eine Entschuldigung murmelnd, stand Vater Oparko auf, verabschiedete sich und wies Mutter und Tochter an, ihm zu folgen.

»Warum hast du diese Lügengeschichte erzählt?«, wollte Wladimir von dem Freund wissen.

»Einfach so«, gab ihm Michail zur Antwort. »Jetzt erzähle mir, wie ist es dir ergangen?«

Wladimir dachte, dass Michail noch großspuriger geworden war als damals, als sie noch wie Brüder gewesen waren. Aber dann schilderte er dem Freund seine Zeit im Wald von Namedy, nach dem Weggang von Michail, die Jahre mit Berta in Köln und die Monate in Ratingen. Er gestand Michail dann auch, dass er seinen Lebensunterhalt immer noch mit Diebstählen und Einbrüchen bestritt. Freimütig erzählte er, wie sie Passanten überfielen und Geschäfte und Wohnhäuser ausraubten.

»Du weißt, moy drug, mein Freund, die Leute haben Angst. Wenn wir sie auf der Straße anhalten, geben sie uns sofort, was immer sie dabeihaben, Geld, Uhren und sogar ihre Fahrräder. Und was die Einbrüche angeht, die Geschäfte sind nachts ohnehin verlassen und kaum gesichert, und in den Wohnungen liegen die Leute im Bett. Das Ganze ist progulka, ein Spaziergang. Bist du dabei?«, fragte er Michail.

Doch der winkte ab. Er habe Arbeit als Bergmann in einer Zeche bei Mülheim-Heissen und auch eine kleine Wohnung in der Stadt. Wenn Wladimir wolle, würde er versuchen, auch ihm Arbeit im Bergwerk zu besorgen.

»Nein«, sagte Wladimir trotzig, »ich warte auf meine Ausreise nach Amerika.«

Die nächsten Wochen sah Wladimir Michail noch öfters im Lager. Aber der Freund hatte sich verändert. Wenn er ihn traf, war er meist in Gespräche mit anderen Lagerinsassen vertieft. Offensichtlich hatte er ein Verhältnis mit einer Ukrainerin namens Alina in einer der Baracken. Für Wladimir hatte er jedenfalls kaum Zeit. Eines Tages erklärte Michail dann jedoch überraschend, sich doch Wladimirs Bande anzuschließen. Danach war er einige Male bei ihren Raubüberfällen dabei. Er war noch immer genauso kaltblütig und skrupellos, wie Wladimir ihn in Erinnerung hatte. Stets trug er seine Pistole sichtbar im Hosenbund. Fast hätte er sogar einen Ladenbesitzer bei einem ihrer Überfälle erschossen. Doch der floh und schloss sich in einer Vorratskammer ein. Michail behielt anschließend das Fahrrad des Ladenbesitzers, um »schneller von Mülheim nach Lintorf zu kommen«, wie er meinte. Wladimir und die anderen waren damit einverstanden. Nach dem Zwischenfall mit dem Ladenbesitzer erzählte Wladimir dem Freund sogar von seinem Überfall in Hürtgen.

»Wir waren schon eine ganze Weile in der Gegend von Hürtgen unterwegs. Wir sind immer ganz bequem mit dem Auto eines Polen hingefahren. Aber einmal hatten wir Pech. Wir waren zu zweit, Jan und ich. Wir sind in ein Wohnhaus eingestiegen und waren schon in einer Wohnung, als plötzlich ein Mann vor uns stand. Plötzlich fing er an, laut zu schreien. Ich musste was tun. Ich hatte, wie immer, meine P08 dabei. Also habe ich geschossen. Danach war er still«, fügte Wladimir hinzu und lächelte bei der Erinnerung.

Er wunderte sich ein wenig, dass der Freund nach dem Verbleib der Waffe fragte und auch nach dem Polen, der die P08 nach dem Überfall versteckt hatte. Das sollte das letzte Mal sein, dass Wladimir mit Michail sprach.

23. MÄRZ 1965
LKA KOBLENZ

Wafzig drückt seine Zigarette im Aschenbecher aus und schaltet das Grundig-Kofferradio aus, das er vor sich auf den Schreibtisch gestellt hat. Eben hat er aus den Nachrichten erfahren, dass der Bundestag in der Frage der Verjährungsfrist einen Kompromiss beschlossen hat. Der Beginn der zwanzigjährigen Verjährungsfrist für die Verbrechen der Nazizeit soll nicht mehr, wie von den Alliierten festgelegt, am 9. Mai 1945 beginnen. Nach dem mit der großen Mehrheit der Abgeordneten beschlossenen Gesetz wird der Beginn der Verjährungsfrist für Verbrechen, die eine Zuchthausstrafe von zwanzig Jahren nach sich ziehen, um über viereinhalb Jahre, auf den 31. Dezember 1949, verschoben.

Die Vertreter des Volkes haben sich um eine klare Entscheidung gedrückt, sagt sich Wafzig. Dabei war er noch vor zwei Wochen überzeugt gewesen, dass sich die Befürworter einer Abschaffung der Verjährungsfrist für Kapitalverbrechen im Parlament durchsetzen würden. Die Kommentatoren hatten die erste Aussprache am 10. März sogar als Sternstunde des Parlaments bezeichnet. Ohne Fraktionszwang und nur ihrem eigenen

Gewissen verpflichtet, hatten die Vertreter der Parteien über die Verjährungsfrist debattiert.

Es ging um die Frage, ob zwanzig Jahre nach Ende der NS-Herrschaft die Strafverfolgung von nationalsozialistischen Verbrechen um der gesellschaftlichen Befriedung willen ein Ende finden sollte oder ob die Verantwortung gegenüber den Opfern und ihren Nachkommen schwerer wog und die zwanzigjährige Verjährungsfrist aufgehoben werden sollte.

Wafzig hatte die Debatte aufmerksam verfolgt. Wie viele seiner Mitbürger war er, auch vor dem Hintergrund des laufenden Auschwitz-Prozesses, für die Aufhebung der Verjährungsfrist. Er war beeindruckt von dem jungen CDU/CSU-Abgeordneten Ernst Benda, der zu den fünfzig Abgeordneten aller Fraktionen zählte, die einen der beiden Anträge zur Aufhebung der Verjährungsfrist eingebracht hatten. Der zweite Antrag kam von der SPD, die zusätzlich eine Grundgesetzänderung forderte. Benda sprach in seiner Rede vom »Druck der eigenen Überzeugung« und wurde von den Berichterstattern mit den Worten zitiert: »Das Rechtsgefühl eines Volkes wird korrumpiert, wenn die Morde ungesühnt bleiben müssten, obwohl sie gesühnt werden könnten.«

Am meisten berührte Wafzig jedoch die Rede des sechzigjährigen Abgeordneten Adolf Arndt, der sich zu einer moralischen Mitschuld an den Naziverbrechen bekannte. Fast ehrfürchtig hatte der Reporter aus seinem Redebeitrag zitiert: »Ich weiß mich mit in der Schuld«, sagte der SPD-Mann. »Denn sehen Sie, ich bin nicht auf die Straße gegangen und habe geschrien, als ich sah, dass die Juden aus unserer Mitte lastkraftwagenweise abtransportiert wurden. Ich habe mir nicht den gelben Stern umgemacht und gesagt: Ich auch! Ich kann nicht sagen, dass ich genug getan hätte. Es geht jetzt darum, dass wir dem Gebirge an Schuld und Unheil, das hinter uns liegt, nicht den Rücken kehren.«

Die Gegner einer Aufhebung der Verjährungsfrist, wie der FDP-Justizminister Ewald Bucher, führten dagegen in erster Linie juristische Argumente ins Feld. »Rückwirkende Gesetze im Strafrecht sind von Übel«, sagte der Minister im Kabinett Ludwig Erhards. »Wir müssen mit den Mördern leben«, hatte Buchner gesagt, »wir müssen es.«

Wafzig war bei diesen Worten entsetzt gewesen. Noch mehr, als dann der Radioreporter die Worte des CDU-Abgeordneten Barzel zitierte: Bei »politischem Irrtum könne es keine Schuld geben«.

Wafzig musste dabei unwillkürlich an seinen Vater denken. Der Konditormeister und Cafébesitzer Wafzig war schon früh Mitglied der NSDAP geworden, um sein einträgliches Geschäft mit den Nazi-Kurgästen nicht zu gefährden. Er hatte an vielen Parteitreffen und selbstverständlich auch an den Aufzügen von SA und SS teilgenommen. Stolz war er gewesen, als sein Sohn als Hitlerjunge gegen Ende des Krieges noch zu den Flakhelfern kam. Jedes Mal musste Wafzig vor seinem Einsatz dem Vater den Spruch der Hitlerjugend aufsagen: »Was sind wir? Pimpfe! Was wollen wir werden? Soldaten!« Nach dem Krieg wollte der Vater von seiner Parteimitgliedschaft und von vielem anderen nichts mehr wissen. Dabei konnte es auch ihm nicht entgangen sein, dass jüdische Nachbarn von einem Tag auf den anderen verschwunden waren. Aber auch der Hitlerjunge Wafzig hatte nicht gewagt, nach dem Verbleib seiner jüdischen Mitschüler zu fragen.

Nachdenklich steht Wafzig auf und geht ans Fenster. Die Strafverfolgungsbehörden haben jetzt lediglich vier Jahre länger Zeit, um Naziverbrecher zur Rechenschaft zu ziehen. Eine Verlängerung oder gar Abschaffung der Verjährungsfrist ist erst einmal vom Tisch. Aber die Festlegung des Beginns der Verjährungsfrist auf den 31. Dezember 1949 gilt auch für seine Ermittlungen. Der neunfache Mord im Burgerhaus verjährt jetzt erst zum 1. Januar 1970. Er hat also noch mehr als vier Jahre Zeit, das Verbrechen aufzuklären. Aber so viel Zeit will er sich nicht geben. Er hat die letzten beiden Monate nach einem Weihnachtsurlaub bei Erika ohnehin wieder mit anderen Fällen zugebracht. Aber nun ist der Mord an einer Prostituierten in Koblenz, zu dem man ihn herangezogen hat, aufgeklärt. Zeit, die Suche nach seinen Verdächtigen im Burgerhaus-Fall wiederaufzunehmen.

Wafzig schaut hinaus auf den Hinterhof, wo die Einsatzwagen des LKA parken. Nach kurzem Nachdenken greift er zum Telefon. Er bittet das nette Fräulein in der Vermittlung, ihn mit der Staatsanwaltschaft Koblenz zu verbinden. Er hat Staatsanwalt Hohenstein regelmäßig über den Stand seiner Ermittlungen in Kenntnis gesetzt. Nun will er ihn um Amtshilfe bitten.

Er wird prompt mit Hohenstein verbunden. »Herr Wafzig, was gibt es? Neue Erkenntnisse in den Burgerhaus-Morden?«

»Leider nein, Herr Staatsanwalt. Wie ich Ihnen in meinem letzten Bericht geschrieben habe, war mein Besuch im Gefängnis von Diez nur teilweise ein Erfolg.«

»Ach ja, ich erinnere mich.«

Wafzig ist sich nicht so sicher, ob sich der Staatsanwalt angesichts der vielen Fälle auf seinem Schreibtisch tatsächlich an Wafzigs letzten Bericht erinnert, der nun schon vier Monate zurückliegt.

»Dann erinnern Sie sich vielleicht auch, dass ich darin einen möglichen Zeugen, einen gewissen Watzlaw Petrow, erwähnt habe, der im Zuchthaus Werl einsitzt. Ich will ihn demnächst vernehmen. Aber zuvor möchte ich mit Staatsanwalt Dr. Karl Gell sprechen. Er hat die Ermittlungen Anfang der Fünfzigerjahre geleitet.«

»Ach ja, Gell, ein fähiger Kollege. Wir haben uns mehrmals auf dem Juristentag getroffen. Inzwischen ist er aber als Oberstaatsanwalt in Pension gegangen.«

»Deshalb rufe ich an. Ich hoffe, dass Sie Ihre Kontakte nutzen und mir Adresse und Telefonnummer von Dr. Gell besorgen können.«

»Ich will sehen, was ich machen kann. Ich melde mich.« Damit beendet Hohenstein das Telefonat.

Aber schon eine Woche später erhält Wafzig von der Sekretärin Hohensteins die Adresse und Telefonnummer von Oberstaatsanwalt Karl Gell.

2. FEBRUAR 1951
WLADIMIR

Wladimir wusste nicht, was größer war: seine Trauer oder sein Hass. Vor einigen Tagen hatte er einen Brief von Alina bekommen, der Ukrainerin, mit der Michail im Lager Lintorf zusammen gewesen war. Sie schrieb ihm, Michail habe sie geschwängert und sie daraufhin sitzen lassen. Einfach so, über Nacht! Nun sehe sie keinen Grund mehr, zu ihm zu halten. Sie wisse, schrieb Alina, was Michail und er gemeinsam im Krieg und danach erlebt hätten. Michail habe ihr auch von den vielen Überfällen und Diebstählen hier in der Gegend erzählt und dass Wladimir dabei einen Mann getötet habe. Michail sei schuld, dass Wladimir gefasst worden sei, denn er habe ihn an die Polizei verraten!

Als Wladimir das las, hatte er fast den Boden unter den Füßen verloren. Er musste sich an die Wand lehnen, und ihm wurde schwarz vor Augen. Sein bester Freund, sein Bruder Michail, hatte ihn an die deutsche Justiz ausgeliefert!

Wladimir zweifelte nicht an dem, was Alina ihm schrieb. Er hatte sich immer gefragt, warum Anfang März 1950 plötzlich am frühen Morgen Polizisten in seiner Baracke in Lintorf auftauchten und ihn und Ian festnahmen. In einem Gefängniswagen brachte man sie auf die Polizeistation nach Haaren bei Aachen, wo man sie in eine Arrestzelle sperrte. Erst Tage später wurden sie wegen des Mordes in Hürtgen von einem Richter vernommen. Sie stritten alles ab, aber inzwischen hatte der Pole, der den Wagen gefahren hatte, ausgepackt und den Einbruch gestanden. Zum Glück hatte er nicht verraten, wem die Tatwaffe gehörte, die bei ihm gefunden worden war. Wenige Wochen später fand der Prozess vor dem Landgericht Aachen statt. Wladimir wurde zu fünfzehn Jahren Zuchthaus wegen Beihilfe zum Mord verurteilt. Da er bis zuletzt abstritt, geschossen zu haben, und man ihm das Gegenteil nicht beweisen konnte, war ihm eine lebenslange Haftstrafe wegen Mordes erspart geblieben.

Aber auch fünfzehn Jahre waren mehr als genug. In Wladimir stiegen erneut Schmerz und flammende Wut hoch. Er hatte Michail vertraut und selbst noch in Lintorf gehofft, zwischen ihm und dem Freund würde es wieder werden wie früher, als sie von der gemeinsamen Ausreise nach Amerika geträumt hatten. Aber jetzt hasste er Michail fast noch mehr als die Deutschen, die sein Leben zerstört hatten. Durch Michails schändlichen Verrat war seine Zukunft endgültig verpfuscht. Fünfzehn Jahre sollte er hier in dieser elenden, stinkenden Zelle in Werl verbringen, die sie sich zu viert teilen mussten, obwohl sie nur für drei Insassen ausgelegt war. Wenn man ihn entließ, wäre er bereits vierzig Jahre alt, und die Ausreise nach Amerika wäre ihm als Straftäter für immer verwehrt. Bis dahin müsste er die Schikanen der Wärter, die ungenießbare Suppe mit hartem Brot und die Arbeit in der stickigen Werkstatt ertragen, wo er für ein paar Pfennige Lohn Tüten klebte.

Seitdem er den Brief von Alina erhalten hatte, beteiligte er sich nicht mehr an den großspurigen Gesprächen seiner Zellengenossen, die mit ihren Taten, den Saufgelagen und glorreichen Prügeleien prahlten und mit den hübschen deutschen Mädchen, die angeblich jeder von ihnen gehabt hatte. Ihn störten auch ihre anzüglichen Bemerkungen nicht, wenn sie wissen wollten, was denn in dem Brief gestanden habe, der ihn so beschäftigte. Ob sein Mädchen von einem anderen schwanger sei und ihn verlassen habe? Wladimir saß stumm auf seiner Pritsche und dachte nur noch über eines nach: wie er Rache nehmen könnte an Michail!

Nach ein paar Tagen reifte in ihm ein Entschluss: Er wollte seinerseits Michail verraten und wenn er sich dabei selbst belastete. Da er den Wärtern nicht traute, schrieb er an Alina, sie möge der Gefängnisleitung mitteilen, dass er eine Aussage zu seinem ehemaligen Komplizen Michail Nemzow machen wolle. Er könne ihn in mehreren Fällen schwer belasten. Schon bald danach erhielt er Antwort: Ein Polizeiwachtmeister Weierstall der Kriminalpolizei Ratingen würde ihn demnächst vernehmen.

26. JULI 1965
RATINGEN

Es war gar nicht so einfach gewesen, mit Dr. Karl Gell einen Termin zu vereinbaren. Der pensionierte Oberstaatsanwalt war gemeinsam mit seiner Frau mehrere Wochen in Ägypten auf einer Nilkreuzfahrt gewesen. Das alte Ägypten und seine Hochkultur, so hatte er Wafzig am Telefon verraten, hätten ihn schon immer interessiert. Nun habe er endlich die Zeit, das Land der Pharaonen, das Tal der Könige, die Pyramiden und das berühmte Ägyptische Museum in Kairo zu besuchen.

Aber nun ist der Hobby-Ägyptologe zurück, und Wafzig erhofft sich von dem Gespräch mit ihm weitere Aufklärung über die Ermittlungen der Staatsanwaltschaft des Amtsgerichts Ratingen Anfang der Fünfzigerjahre. Er hatte Gells Akten studiert, aber darin so recht keinen Ansatz gefunden, der seine bisherigen Ermittlungen erhärten und ihm bei der Suche nach den Tätern helfen konnte. Es gab darin eine ganze Reihe Korrespondenzen mit Polizeidienststellen und Strafanstalten, vor allem zur Klärung der Aufenthaltsorte von Verdächtigen und Zeugen. Aber die waren in Wafzigs Augen wenig hilfreich. Gell und seine Ermittler hatten ihre Nachforschungen vor allem auf Michail und Wladimir konzentriert und sogar britische Militärdienststellen angeschrieben, um den Aufenthaltsort der beiden zum Zeitpunkt der Burgerhaus-Morde klären zu lassen. Tatsächlich gab es eine Antwort von der britischen Militärbehörde in Danneberg. Die Briten hatten in ihren Unterlagen Hinweise auf einen Wladimir und einen Michail gefunden, sie aber wohl mit anderen Insassen des Lagers verwechselt. Die Briten schrieben jedenfalls, die beiden wären erst 1948 als sowjetische Deserteure nach Westdeutschland gekommen.

Wafzig parkt den Taunus vor dem schmucken Einfamilienhaus des pensionierten Oberstaatsanwalts am Stadtrand von Ratingen. Er hat diesmal, in Erinnerung an seine erste Begegnung mit Staatsanwalt Hohenstein, auf sein geliebtes kariertes Jackett verzichtet und seinen hellgrauen Anzug aus dem Schrank geholt. Gut gemacht, denkt er erleichtert, als Frau Gell ihm öffnet. Denn vor ihm steht eine äußerst elegante Frau mit dezentem Perlenschmuck und aufgestecktem blondem Haar. Sie muss deutlich jünger sein als ihr pensionierter Gatte. Wafzig gestattet sich einen Blick auf ihre schlanken Hüften, als sie ihn auf hohen Stöckelschuhen und in engem Bleistiftrock durch Flur und Wohnzimmer auf die Terrasse begleitet.

An einem mit zwei Teetassen gedeckten Tisch und in einem Magazin blätternd, erwartet ihn der Hausherr. Angesichts von Gells heller Hose und seines leichten, blauen Sommerjacketts gratuliert sich Wafzig im Stillen noch einmal zu seiner Kleiderwahl. Gell legt das Heft zur Seite, und wie Wafzig erkennen kann, ist es ein *Faller Modellbau-Magazin*.

Der pensionierte Oberstaatsanwalt hat also ein Hobby, denkt sich Wafzig und ergreift die ausgestreckte Hand des immer noch ausgesprochen sportlich aussehenden weißhaarigen Gell.

»Ich freue mich, Sie kennenzulernen, Kommissar Wafzig«, mit einer einladenden Geste bittet ihn sein Gastgeber, auf einem der weißen Korbsessel neben ihm Platz zu nehmen. »Kollege Hohenstein hat mir berichtet, dass Sie mich im Zusammenhang mit den immer noch nicht aufgeklärten Morden im Burgerhaus bei Andernach sprechen wollen.«

»Das ist richtig, Herr Oberstaatsanwalt. Man hat mich mit erneuten Ermittlungen in dem Fall beauftragt, auch wenn Sie sicher denken, dass dies nach zwanzig Jahren aussichtslos ist.«

»Was ich denke, tut nichts zur Sache«, weist Gell ihn eine Spur zu schroff zurecht, »ich hoffe lediglich, dass ich Ihnen bei Ihren Ermittlungen weiterhelfen kann. Ich habe mir jedenfalls meine persönliche Handakte noch einmal kommen lassen. Ich habe zum Glück noch gute Beziehungen in meiner alten Dienststelle. Aber ehe wir in medias res gehen, lasse ich uns den Tee servieren.«

Gell nimmt zu Wafzigs Erstaunen eine silberne Tischglocke, auf deren Klang hin eine ältere Dame erscheint. »Das ist Frau Krause, unsere Haushaltshilfe«, stellt Gell sie kurz vor und wartet, bis Frau Krause Teekanne und eine Etagere mit Gebäck vor ihnen auf dem Terrassentisch abgestellt hat.

»Ein oder zwei Stück Kandiszucker, Herr Kommissar? Es ist Earl Grey mit Bergamotte, ich hoffe, es trifft Ihren Geschmack.«

Der Tee ist stark und schmeckt ein wenig nach bitteren Zitrusfrüchten. Der Kaffeetrinker Wafzig bejaht höflich, nimmt jedoch zum dritten Stück Kandis auch noch ein Baiser von der Etagere, um den herben Geschmack des Tees zu übertönen.

»Wenn Sie mir gestatten, Herr Oberstaatsanwalt«, Wafzig stellt seine Tasse zurück auf den Tisch, »als ich mir die Akten angesehen habe, hatte ich den Eindruck, dass die Staatsanwaltschaften und Polizeiinspektionen damals nicht wirklich zusammengearbeitet haben.«

»Vielleicht haben Sie aus heutiger Sicht recht, Herr Kommissar. Aber diesen Vorwurf müssen Sie nicht mir, sondern den Kollegen in Koblenz machen, die für die Aufklärung der Burgerhaus-Morde zuständig waren.«

Der Herr Oberstaatsanwalt ist offenbar empfindlich, was Kritik an seiner Person angeht, denkt Wafzig und nickt vorsichtshalber zustimmend.

»Wie Sie sicherlich wissen«, fährt Gell fort, »waren wir vornehmlich mit dem Mordversuch von Nemzow an einem unserer Polizisten befasst. Erst nach den Aussagen von Inguschin ergab sich die Verbindung zu den Burgerhaus-Morden.«

»Ja, das ist mir bekannt, Herr Oberstaatsanwalt. Nemzow wurde beschuldigt, auf der Flucht gemeinsam mit einem Komplizen einen Polizisten angeschossen zu haben. Sie hatten ihn dann gefasst und festgenommen.«

»Ja, das war … lassen Sie mich nachsehen.« Gell nimmt den Aktendeckel, der schon die ganze Zeit vor ihm liegt, und blättert durch die Seiten. »Das war am 2. Juni 1950. Nemzow nannte sich damals Michail Truchno. Nach einem mutmaßlichen Einbruchdiebstahl in Kalkum waren er und ein Komplize in einen Schusswechsel mit zwei Polizisten geraten. Dabei wurde einer der Beamten schwer verletzt. Seinem Kollegen gelang es jedoch, den Komplizen von Truchno zu stellen. So konnten wir letztendlich auch Truchno beziehungsweise Nemzow festsetzen. Leider musste ich ihn kurz danach wieder laufen lassen.«

Wafzig erinnert sich, dass Nemzow die Tat abgestritten hatte. Da es ihm nicht widerlegt werden konnte, stand damals somit lediglich der Verdacht auf Diebstahl im Raum.

»Ich habe mich jedenfalls sehr geärgert, als der Brief der Polizeiinspektion Mülheim kam«, fuhr Gell fort. »Die Kollegen schrieben, Truchno sei ihr Vertrauensmann im Lager für Displaced Persons in Lintorf. Durch ihn seien in den letzten sechs Monaten mehrere schwere Verbrechen aufgeklärt worden, darunter ein Mordfall in Hürtgen. Für diesen Hinweis habe man Michail Nemzow alias Truchno sogar eintausend Mark Belohnung ausbezahlt.«

Die Erinnerung scheint Gell noch immer zu erzürnen. Nach einem Schluck Tee aus der zierlichen Tasse mit chinesischem Muster fährt er schnaubend fort: »Die Kollegen aus Mülheim meinten jedenfalls, Truchno werde auch weiterhin dringend als V-Mann in Lintorf benötigt, und sie bäten deshalb, ihn umgehend auf freien Fuß zu setzen. Da wir Nemzow alias Truchno den Schuss auf den Polizisten nicht nachweisen konnten, blieb mir wie gesagt nichts anderes übrig, als ihn am 13. Juni 1950 wieder zu entlassen.«

»Wie kam dann Wladimir Inguschin ins Spiel?«

»Inguschin saß seit Juni 1950 in Werl ein. Er war vom Landgericht Aachen wegen Beihilfe zum Mord zu fünfzehn Jahren Zuchthaus verurteilt worden, weil er gemeinsam mit einem Polen aus dem Lager Lintorf ein Wohnhaus in Hürtgen überfallen hatte. Dabei wurde der Hausherr erschossen. Es konnte allerdings nicht geklärt werden, wer von den beiden Räubern den tödlichen Schuss abgegeben hatte. Deshalb lediglich die Verurteilung wegen Beihilfe zum Mord.«

Wafzig erinnert sich aus den Akten, dass beide Täter die tödlichen Schüsse geleugnet hatten. Später wurde zwar die Tatwaffe sichergestellt, aber es blieb unklar, wem sie gehörte.

»Wladimir Inguschin hatte inzwischen offenbar erfahren, dass Michail Nemzow ihn verraten hatte. Er ließ uns jedenfalls im Februar 1951 durch die Gefängnisleitung wissen, dass er eine Aussage machen wolle. Die Vernehmung erfolgte dann«, Gell blättert kurz in der Akte, »durch Polizeiwachtmeister Weierstall am 7. März 1951 im Zuchthaus Werl.«

Gell liest für eine Weile stumm in der Akte, während Wafzig geduldig wartet. »Entschuldigen Sie die Unterbrechung, Herr Kommissar, ich habe nicht mehr alles parat, aber hier ist alles notiert. Bitte lesen Sie selbst.«

Wafzig nimmt das aufgeschlagene Heft, und während ihn Gell aufmerksam beobachtet, liest er die knappe Protokollnotiz von Kriminalpolizeiwachtmeister Weierstall.

Protokollnotiz Weierstall
7. März 1951

»Bei der ersten Vernehmung am 16. Februar 1951 gab der Häftling Wladimir Inguschin zu Protokoll, dass er bereits 1942 gemeinsam mit Michail Nemzow in Westdeutschland gewesen sei. Das stand im Gegensatz zu der Aussage bei seiner Verhaftung. Damals hatte er angegeben, er sei erst nach Kriegsende nach Westdeutschland gekommen. Er sagte weiter aus, Michail Nemzow nenne sich inzwischen Michail Truchno. Sie beide seien früher wie Brüder gewesen und hätten gemeinsam zahlreiche Verbrechen begangen, zu denen er aussagen würde. In der Folge gestand Inguschin über zwanzig Überfälle in der Region Kettwig, Ratingen und Wülfrath. Er nannte Ort und Zeit, den Tathergang und die bei den Diebstählen erbeuteten Güter. Ich habe im weiteren Verlauf der Ermittlungen seine Aussagen bezüglich der Überfälle in Kettwig, Ratingen und Wülfrath überprüft. Ort, Zeit, Tathergang sowie die Angaben zu dem Diebesgut stimmten in allen Fällen mit den Zeugenaussagen überein.«

Wafzig liest gespannt weiter, während Oberstaatsanwalt Gell mittels der Tischglocke noch einmal Tee bei Frau Krause bestellt.

»Bei einer weiteren Vernehmung am 28. Februar 1951 machte Inguschin gegenüber dem Protokollanten Angaben zu einem Überfall auf einen Bauernhof

bei Andernach im Jahr 1946. Den Hof habe er damals gemeinsam mit Nemzow alias Truchno und fünf weiteren Komplizen aus dem DP-Lager Niederlahnstein überfallen, um Geld und Wertgegenstände zu erbeuten. Erbeutet hätten sie allerdings lediglich Fleisch- und Wurstwaren sowie Bekleidungsstücke. Er und die Mittäter hätten auf die Bewohner mit Pistolen geschossen. Vermutlich wären alle getötet worden. In Absprache mit der Gefängnisleitung Werl bin ich gemeinsam mit zwei Vollzugsbeamten und dem Häftling Wladimir Inguschin am 5. März 1951 nach Andernach gefahren. Die Beamten hatten ebenso wie ich keinerlei Ortskenntnis. Inguschin hat uns zu einem Bauernhof auf einem Hügel zwei Kilometer außerhalb Andernachs geführt und 300 bis 400 Meter vor dem Gehöft erklärt: ›Das ist der Hof.‹ Des Weiteren hat er angegeben, dass an der Hinterseite des Hauses der Hof mit einer Mauer eingefriedet sei. Bei der Anfahrt vor das Haus gab er an, dass er und seine Komplizen nicht von der Vorderfront aus in das Haus eingedrungen, sondern nach Übersteigen der Mauer in das Anwesen gelangt seien. Das von Inguschin bezeichnete Gehöft ist das Burgerhaus der Familie Windheuser.«

Wafzig atmet hörbar ein. Einer seiner Hauptverdächtigen, Wladimir Inguschin, hatte den Überfall gestanden. Und Michail Nemzow mit belastet! Er reicht Gell die Handakte zurück. »Vielen Dank, Herr Oberstaatsanwalt. Ich muss gestehen, ich bin verwundert. Inguschin hat die Morde im Burgerhaus gestanden. Warum kam es danach zu keiner Anklage?«

»Nun, Inguschin war intelligent. Er war maßlos enttäuscht von seinem ehemaligen Freund, der ihn verraten hatte, und wollte Rache nehmen. Er war sich aber durchaus bewusst, dass er sich mit seinen Aussagen selbst belastete. Deshalb hat er nichts schriftlich gemacht und auch nichts unterschrieben. Er hat uns erklärt, dazu sei er erst bereit, wenn wir Nemzow gefasst hätten.«

Gell gießt sich Tee in die inzwischen geleerte Tasse, schaut hinaus in den Garten und fährt dann fort: »Ich hatte bereits nach der ersten Aussage Inguschins zu dem Überfall auf das Burgerhaus«, er blättert in der Akte, »am 12. März 1951 Antrag auf Haftbefehl gegen Michail Nemzow wegen Diebstahls und Mordes beim Amtsgericht Düsseldorf gestellt und die Staatsanwaltschaft Koblenz informiert. Außerdem bat ich um Akteneinsicht. Ich muss gestehen, ich war erschüttert, als ich die Protokolle der Zeugenvernehmungen las. Was für ein grausames, kaltblütiges Verbrechen! Ich wollte danach Inguschin auch ohne schriftliches Geständnis überführen und Nemzow um jeden Preis finden.«

Wafzig wundert sich, wie erstaunlich offen Gell jetzt seine vergeblichen Versuche schildert, zumindest Inguschin und Nemzow der Burgerhaus-Morde zu überführen.

»Ich bat in den darauffolgenden Wochen die Polizeidienststellen in Nordrhein-Westfalen und Rheinland-Pfalz, in ihren Ausländerlagern nach Nemzow zu fahnden. Ich ging davon aus, dass er vielleicht immer noch als V-Mann tätig war. Ich muss allerdings gestehen, dass wir auf unser Schreiben nur sehr unbefriedigende Antworten bekommen haben. Die meisten Polizeiinspektionen haben unsere Schreiben einfach an die nächste Dienststelle weitergereicht. Und Mettmann hat sich sogar erdreistet, uns wissen zu lassen, dass man überlastet sei und unserer Bitte deshalb nicht nachkommen könne.«

Wafzig kann sich gut vorstellen, wie verärgert der rigorose Strafverfolger Gell damals gewesen ist. Der spricht aber nun ruhig weiter: »Ich habe dann selbst noch mal durch die Polizei in Ratingen im Lager Lintorf nachforschen lassen, aber angeblich konnte sich niemand an Nemzow erinnern. Und auch mit Inguschin kamen wir nicht weiter. Bei einer Gegenüberstellung wurde er weder von den Schwägerinnen Windheuser noch von Christian Gerb oder dem Zeugen Peters eindeutig wiedererkannt. Es waren ja auch schon sechs Jahre seit der Tat vergangen.«

Wafzig nickt zwar verständnisvoll, vermerkt aber für sich, dass es Gell versäumt hatte, dem Zeugen Peters die Tätowierungen Inguschins zu zeigen, an die er sich gut erinnert hatte. Und warum hatte man nicht auch Hanni Windheuser einbestellt? Die Ermittler Gells hatten ihm zuvor doch auch Fotos der Verdächtigen gezeigt, und Hanni hatte Inguschin eindeutig identifiziert. Abschließend fügt der Oberstaatsanwalt noch hinzu: »Die Akte zu den Burgerhaus-Morden habe ich mit Kopien unserer Protokolle und des Schriftverkehrs an die Staatsanwaltschaft Koblenz zurückgeschickt.«

Damit ist für Gell das Gespräch ganz offensichtlich zu Ende. Wafzig erhebt sich bereits aus dem Sessel, als Gell doch noch etwas in seiner Akte findet. »Ach, eines noch, Herr Kommissar. Inguschin hat im Zusammenhang mit den Burgerhaus-Morden noch die Namen weiterer möglicher Mittäter genannt. Es sollen ein Pawel Gerassimov, ein Fedor Nowak, Alexander Bukov sowie ein Stanislaw Popov und ein Witek Zilienski gewesen sein.«

Bis auf Stanislaw Popov sind es für Wafzig bekannte Namen.

Schnell notiert er sich den Namen »Popow« und schüttelt dann Gell die Hand. »Herr Oberstaatsanwalt, ich bedanke mich für Ihre Zeit. Ich bin nun ganz sicher, dass ich mit Inguschin und Nemzow als Hauptverdächtigen in den Burgerhaus-Morden auf der richtigen Spur bin. Jetzt muss ich sie nur noch ausfindig machen.«

Mit einem skeptischen Blick auf Wafzig erhebt sich auch der Oberstaatsanwalt und geleitet seinen Gast zur Tür. Im Vorbeigehen entdeckt der Kommissar im Wohnzimmer die vielen Bildbände über Ägypten und eine außerordentlich gute Reproduktion des Kopfes der Nofretete. Die andere schöne Frau des Hauses bekommt er leider nicht mehr zu Gesicht.

Auf der Rückfahrt nach Koblenz denkt Wafzig noch einmal über sein Gespräch mit Gell nach. Die Ermittlungen damals waren an der Trägheit und mangelnden Kooperationsbereitschaft von Polizeidienststellen gescheitert. Aber auch die Staatsanwaltschaften von Koblenz und Ratingen hatten lediglich Akten und Protokollnotizen ausgetauscht. Eine wirkliche Zusammenarbeit hatte es nicht gegeben. Die Versäumnisse liegen für Wafzig aber auch bei Gell: Er hatte nicht darauf bestanden, dass Inguschin bei der Gegenüberstellung seine Tätowierungen zeigte, und er hatte Hanni Windheuser nicht geladen. Wafzig kann sich des Eindrucks nicht erwehren, dass dem Oberstaatsanwalt die Ermittlungen, trotz aller gegenlautenden Beteuerungen, damals lästig waren. Denn karrierefördernd sind eher die in der Öffentlichkeit stehenden aktuellen Fälle.

24. SEPTEMBER 1965
ZUCHTHAUS RHEINBACH

Wafzig ist am Morgen beim Rudern am Moselstausee gewesen. Er wollte sich über sein in den letzten Wochen reichlich turbulentes Privatleben klar werden. Erika hatte ihn während ihres Urlaubs in den Bergen vor die Wahl gestellt: Entweder er sucht endlich ein gemeinsames Heim, in das sie in absehbarer Zeit einziehen können, oder sie wird ihn verlassen. Also hat er Urlaub genommen und nach einiger Suche auch eine passende, bezahlbare Wohnung in der Südstadt gefunden. Inzwischen ist sogar der Umzug erledigt. Er brachte seine Möbel aus dem Lager in Mainz mithilfe eines Freundes und dessen Kastenwagens nach Koblenz. Erika zuliebe hat er sogar einen richtigen Gasherd für die Küche angeschafft und die zwei Elektroplatten ausgemustert, die für Junggesellen-Spiegeleier mit Speck und Bratkartoffeln durchaus genügt hatten.

Erika ist jetzt allerdings fast an allen Wochenenden bei ihm. Er genießt es durchaus, wenn sie ihm sein Lieblingsessen – Gulasch mit Salzkartoffeln – zubereitet und er unterdessen im bequemen Fernsehsessel die Sportschau mit den Berichten der Bundesliga verfolgt. Aber er mag ihre Vorhaltungen nicht, wenn sie ihn für den vollen Aschenbecher und die leeren Bierflaschen auf dem Couchtisch tadelt und resolut mit Lauge und Schwamm dem Geschirr in der Küchenspüle zu Leibe rückt. Gleich bei ihrem ersten Besuch hatte sie ihn darauf hingewiesen, die zwei Zimmer der Wohnung könnten auf Dauer zu klein sein. Wafzig hatte die Anspielung verstanden. Seitdem lässt ihn die beunruhigende Erkenntnis, mit der Wohnung vielleicht den ersten Schritt in Richtung Hafen der Ehe gemacht zu haben, nicht mehr los.

Am Steuer seines Ford Taunus verscheucht er die privaten Gedanken. Er ist auf der Fahrt ins Zuchthaus von Rheinbach, und er will sich auf das Gespräch mit Watzlaw Petrow konzentrieren, den ihm der Leiter des Zuchthauses in Diez als möglichen Zeugen benannt hat. Er hofft, dass Petrow ihm über den Verbleib von Wladimir Inguschin und über den Aufenthalt des möglichen Mittäters an den Burgerhaus-Morden, Pawel Gerassimov, Auskunft geben kann. Petrow hat eine durchaus wechselvolle Gefängnishistorie hinter sich. Noch während der Verbüßung seiner Haftstrafe in Diez wurde er wegen Mordes verurteilt und 1950 ins Zuchthaus Werl verlegt. Dort saß er bis 1957 ein. Danach wurde er nach Rheinbach überstellt.

Als Wafzig in der »Glasstadt« südlich von Bonn ankommt, die ihren Beinamen den vielen Betrieben der sudetendeutschen Glasveredeler verdankt, die sich hier nach dem Krieg niedergelassen haben, denkt er kurz über einen Rundgang durch die mittelalterliche Altstadt nach. Doch er ist spät dran, und so fährt er direkt in das Zuchthaus am Stadtrand von Rheinbach. Das Gebäude ist, ähnlich dem von Diez, ein vierflügeliger Bau mit einem Überwachungsturm in der Mitte. Und wie alle Zuchthäuser und Gefängnisse ist es hoffnungslos überfüllt. Wie Wafzig von dem Wärter erfährt, der ihn in den Vernehmungsraum begleitet, sind hier im Augenblick fast achthundertfünfzig Insassen untergebracht.

Der Vernehmungsraum ist mit einem einfachen Tisch und zwei Stühlen ausgestattet. Als Petrow von Wachen begleitet eintritt, hat Wafzig Zeit, den massigen, vierschrötigen Russen zu studieren. Er trägt die typische blaue Anstaltskleidung aus einfachem Stoff, die Haare sind kurz geschoren, und das kantige, slawische Gesicht ist übersät von Pockennarben. Er ist beileibe kein sympathischer Mann. Schwerfällig nimmt er gegenüber von Wafzig Platz und schaut den Kommissar aus schmalen verschlagenen Augen unter den buschigen Augenbrauen herausfordernd an.

»Was habe ich davon, wenn ich mit Ihnen rede?«, will er wissen.

»Das werden wir sehen, wenn Sie den Mund aufgemacht haben.«

Petrow verzieht seinen Mund mit den gelblich verfärbten Zahnstummeln zu einem hässlichen Grinsen. Er lehnt sich nach vorne und meint: »Dann hören Sie jetzt gut zu, Herr Kommissar.«

Wafzig ignoriert die großspurige Frechheit Petrows und fragt stattdessen kühl, was er ihm über den Verbleib seines ehemaligen Zellengenossen im Zuchthaus in Diez, Pawel Gerassimov, sagen könne.

»Der ist nach seiner Entlassung ganz bestimmt nach Polen zurückgekehrt«, meint Petrow, »der hat ständig von seiner Familie in Putusk geredet und dabei wie ein Kind geheult.«

»Sind Sie sicher?

»Was ist schon sicher, Herr Kommissar? Gerassimov hat sich bei mir nicht abgemeldet.«

Auch diese Frechheit überhört Wafzig und fragt stattdessen: »Und was wissen Sie über Wladimir Inguschin? Mit ihm waren Sie doch von 1951 bis 1957 gemeinsam in Werl.«

Petrow macht eine abfällige Handbewegung: »Das war ein dummer Schwätzer, dem ich selbst als Russe nicht viel Glauben schenken konnte. Der hat immer erzählt, er sei bis 1948 in der russischen Armee gewesen und sei dann nach Westdeutschland desertiert. Das habe ich ihm nicht geglaubt.«

»Warum nicht?«, will Wafzig wissen.

»Er hat mich mal gefragt, ob ich wüsste, wo das Lager Niederlahnstein war. Er hat mir dann die Gegend genau beschrieben. Außerdem haben mir zwei andere Gefangene gesagt, dass sie Inguschin kennen. Sie hätten nach dem Krieg gemeinsam Überfälle in der Nähe von Niederlahnstein gemacht. Der Schwätzer Inguschin hat zwar beim Hofgang so getan, als ob er die beiden nicht kennt, aber ich weiß, dass sie die Wahrheit gesagt haben. Und die beiden haben mir auch gesagt, dass Inguschin ein kleines Licht war, seinem Freund Michail habe er wie ein Hündchen gehorcht.«

Von Michail Nemzow konnten die beiden nur wissen, wenn sie ihn und Inguschin tatsächlich gekannt hatten, denkt Wafzig und macht sich eine entsprechende Notiz. Als er nach den Namen der beiden Mitgefangenen fragt, kennt Petrov lediglich die Vornamen: Witek und Stanislaw. Er weiß auch nicht, was aus ihnen geworden ist. Sie sind, so sagt er, im Herbst 1953 einfach verschwunden.

»Es hat allerdings damals das Gerücht gegeben«, so erzählt Petrow wichtigtuerisch weiter, »die beiden wären zur Fremdenlegion gegangen. Dafür habe man ihnen einen Teil ihrer Strafe erlassen.«

Wafzig hat keine weiteren Fragen. Als er Petrov abführen lässt, sagt der Russe, zu Wafzig gewendet, was Inguschin anginge, sei der ein paar Jahre nach den beiden auch von einem auf den anderen Tag verschwunden. »Ich habe ihn nicht vermisst«, setzt er noch hinzu, als er von den Wärtern schließlich aus dem Raum geführt wird.

Viel hat die Vernehmung Petrows nicht gebracht, denkt Wafzig, als er wieder im Ford sitzt. Er hat lediglich die Namen von zwei Mitgefangenen erfahren, Witek und Stanislaw. Er geht davon aus, dass es sich dabei um Witek Zilienski und Stanislaw Popow handelt, die Wladimir Inguschin bei seiner Vernehmung durch Polizeiwachtmeister Weierstall als Mittäter bei dem Überfall auf das Burgerhaus genannt hatte. Sie müssen dann zwei der Täter gewesen sein, die vor dem Haus Schmiere standen, neben dem im Wald von Namedy getöteten Fedor Nowak.

29. SEPTEMBER 1965
LKA KOBLENZ

Wafzig sitzt vor seinem Schreibtisch und auf dem unbequemen Stuhl, der ihm, trotz regelmäßigen Ruderns, immer wieder Rückenschmerzen verursacht. Abteilungsleiter Seiters wartet auf seinen Bericht zum Stand der Ermittlungen. Wafzig blickt lustlos auf die Olympia und beschließt, zunächst noch mit dem inzwischen deutschen Leiter des Zuchthauses Werl zu telefonieren. Er will seine Vermutung zu den beiden Gefangenen Witek Zilienski und Stanislaw Popow überprüfen, die nach der Aussage Petrows angeblich in der Fremdenlegion verschwunden sind. Von einer britischen Fremdenlegion hat der Kommissar allerdings noch nie gehört. Er weiß lediglich um die nepalesischen Gurkhas im Dienst der indisch-britischen Armee. Wafzig bittet Fräulein Weber in der Vermittlung, ihn mit Regierungsdirektor Paul Engelbrecht zu verbinden.

»Hier Kommissar Wafzig vom LKA Rheinland-Pfalz. Herr Regierungsdirektor, ich habe kürzlich einen Ihrer ehemaligen Häftlinge, Watzlaw Petrow, im Zuchthaus Rheinbach zu einem alten Mordfall befragt. Er hat zu drei ehemaligen Mithäftlingen, die tatverdächtig sind,

Aussagen gemacht. Allerdings zweifle ich an deren Wahrheitsgehalt.«

Wafzig schildert Engelbrecht kurz den Sachverhalt, nach dem zwei der Verdächtigen angeblich gegen Straferlass für die britische Fremdenlegion angeworben wurden.

Engelbrecht lacht kurz auf. »Die alte Geschichte. Aber ich kann mir nicht vorstellen, dass mein Vorgänger, der britische Oberstleutnant Vickers, tatsächlich bei den Häftlingen dafür geworben hat, sie sollten sich gegen Straferlass einer britischen Fremdenlegion anschließen.«

Wafzig erfährt dann, dass es die Diskussion um die Einrichtung einer solchen Einheit nach französischem Vorbild seit den Fünfzigerjahren in Großbritannien gab und wohl immer noch gibt. Aber im Unterhaus hätten sich dafür bislang nie Mehrheiten gefunden.

»Was ich mir vielmehr denke«, so verrät ihm Engelbrecht, »ist, dass die Gefangenen auf Fürsprache eines inhaftierten Generals der ehemaligen deutschen Wehrmacht frühzeitig entlassen worden sind.«

Mit Erstaunen hört Wafzig, dass der britische Leiter der Anstalt ganz im Gegensatz zu seiner unnachgiebigen Härte gegen die deutschen und ausländischen Häftlinge gegenüber den ehemaligen Nazi-Generälen ausgesprochen großzügig war.

»Jeder von denen erhielt von Vickers zwei nebeneinanderliegende Zellen und einen Gefangenen als ›Knappen‹ in einer weiteren Zelle«, eröffnet ihm Engelbrecht. »Die Generäle hatten einen eigens für sie angelegten Garten zum Spazierengehen, und nicht selten wurden sie, ungeachtet des Fraternisierungsverbots, von Vickers in seiner Dienstvilla zum Tee empfangen.«

Möglicherweise waren die von Wafzig genannten Gefangenen zwei jener »Knappen« gewesen, vermutet Engelbrecht, die »wegen treuer Dienste« vorzeitig entlassen wurden. Er wolle jedenfalls versuchen, das herauszufinden. Er werde in den Haftbüchern nach dem Verbleib eines Witek Zielinski und eines Stanislaw Popow nachsehen. Wafzig schildert ihm dann noch die Vernehmung Wladimir Inguschins durch Polizeiwachtmeister Weierstall und bittet ihn, in den Haftbüchern auch nach dessen möglichem gegenwärtigen Aufenthalt zu forschen. Der Regierungsdirektor verspricht, sich diesbezüglich schnellstmöglich zu melden.

Wafzig bedankt sich, beendet das Telefonat und zieht schließlich pflichtschuldig die Schreibmaschine zu sich heran. Mit seinem bewährten Zweifingersystem beginnt er seinen diesmal sehr dünnen Bericht über die Vernehmung Petrows für Abteilungsleiter Seiters zu tippen.

3. FEBRUAR 1956
WLADIMIR

Wladimir saß nun schon seit fast sechs Jahren im Zuchthaus Werl ein, und noch immer hatte er keine Nachricht bekommen, ob man Michail endlich gefasst hatte. Von dem Wachtmeister, der ihn vor drei Jahren vernommen hatte, war er nicht mehr vorgeladen worden, und Alina hatte ihm nicht mehr geschrieben. Nur von Berta hatte er inzwischen mehrere Briefe bekommen. Sie hatte erfahren, dass er wegen Beihilfe zum Mord verurteilt worden war, und schrieb ihm seit geraumer Zeit zärtliche Zeilen. Ein paarmal hatte er zurückgeschrieben, um sich die Zeit zu vertreiben. Aber ihren Beteuerungen, wie leid ihr die Trennung von ihm tue, schenkte er keinen Glauben. Auch sie hatte ihn verraten, als sie nach der unerwarteten Rückkehr ihres Mannes ihn, Wladimir, aus der Wohnung und ihrem Leben warf. Auf dem Hofgang hatte er auch einige Male Witek und Stanislaw gesehen, aber die hatten sich an die Nazi-Generäle verdingt. Damit waren sie für ihn erledigt. Jetzt waren sie ohnehin nicht mehr da.

Die Tage im Gefängnis waren begleitet von Schikanen der Wärter. Der britische Anstaltsleiter Oberst Vickers und seine Schergen liebten es, die Gefangenen für kleinste Vergehen hart zu bestrafen. Als Wladimir einmal Brot aus der Gefängnisküche mitnahm, wo er inzwischen die Blechnäpfe der Gefangenen schrubben musste, sperrte man ihn für Tage in eine Zelle ohne Licht. Mit dem neuen Leiter, Paul Engelbrecht, hatten die Schikanen aufgehört, aber der Alltag war nicht besser geworden. Das Gefängnis war hoffnungslos überfüllt, und noch immer saß Wladimir mit drei Mitgefangenen in einer viel zu kleinen Zelle. Neun Jahre sollte er hier noch zubringen. Er wusste nicht, wie er das überstehen sollte.

Vor ein paar Tagen jedoch war etwas passiert, dass Anlass zu ein wenig Hoffnung gab. Man hatte ihn zur Gefängnisleitung gebracht, wo ihn ein Staatsanwalt des für Werl zuständigen Amtsgerichts Hamm erwartete. Dieser eröffnete ihm, dass das Auswärtige Amt der Bundesrepublik Deutschland gerade mit Moskau darüber verhandele, Menschen aus der Sowjetunion, die mit Flüchtlingsstatus in der BRD lebten, eine freiwillige Rückkehr in ihre Heimat zu ermöglichen. Das gelte mit Einschränkungen auch für die hier straffällig gewordenen Sowjetbürger. Diese müssten allerdings vor einem Antrag auf Repatriierung ein Gnadengesuch stellen, das dann sorgfältig geprüft würde. Über Wladimirs mögliche Begnadigung müsste das Landgericht Aachen entscheiden, das ihn verurteilt hatte.

Seit dieser Nachricht war Wladimir fast euphorisch. Die Sowjetunion war nicht mehr Stalins Reich. Der Diktator war 1953 gestorben. Es war vorbei mit den politischen Säuberungen, mit der Deportation und sogar mit den Erschießungen der heimkehrenden Zwangsarbeiter.

Wladimir musste die Verfolgung als vermeintlicher Kollaborateur der Nazis nicht mehr fürchten. Der neue Mann an der Spitze der Sowjetunion war Nikita Sergejewitsch Chruschtschow. Nach dem, was ihm sowjetische Mitgefangene aus Briefen aus der Heimat erzählt hatten, wollte der Erste Sekretär der KPdSU mit dem Terror Stalins Schluss machen und Wirtschaft und Gesellschaft der Sowjetunion reformieren. Vielleicht war in dieser neuen Sowjetunion auch ein Platz für ihn.

Jedenfalls ließ Waldimir wenige Tage später die Gefängnisleitung wissen, dass er ein Gnadengesuch sowie einen Antrag auf Repatriierung stellen wolle. Er bat um Papier und Stift, um die Schreiben zu verfassen. Jetzt musste er nur noch auf eine Antwort des Landgerichts Aachen warten, um seiner Rückkehr in die Heimat ein Stück näherzukommen.

18. OKTOBER 1965

LKA KOBLENZ

Wafzig hatte für zwei Wochen die Morde im Burgerhaus vergessen. Er war im Oktober mit Erika in Waldachtal im Schwarzwald zum Wandern gewesen. Selbstverständlich hatte sie auf einem Besuch bei ihren Eltern in Freudenstadt bestanden. Wafzig war nicht begeistert gewesen, mit der Rolle als zukünftiger Schwiegersohn konnte er sich einfach nicht anfreunden. Prompt hatte Erika dann auch den Eltern von der neuen Wohnung in Koblenz erzählt, die demnächst ihr gemeinsames Heim werden solle. Nur mit Mühe konnte er verhindern, dass Mutter und Tochter daraufhin schon das Datum für die Hochzeit festlegten. Er schob seine Ermittlungen vor, die zurzeit all seine Zeit und Aufmerksamkeit in Anspruch nähmen. Erst danach könne man weitersehen.

Erikas Vater hatte dafür durchaus Verständnis gezeigt, ganz im Gegensatz zu Erika und ihrer Mutter. Auf der Rückfahrt hatte Erika ihm heftige Vorwürfe gemacht. Wafzig war dann, ganz gegen seinen Willen, doch der Kragen geplatzt. Klipp und klar hatte er Erika eröffnet, dass eine Heirat für ihn noch nicht infrage komme. Er brauche einfach noch Zeit, und sie solle ihn nicht länger bedrängen. Erika hatte daraufhin beleidigt geschwiegen. Wortlos hatte sie bei der Ankunft vor ihrem Haus in Mainz die Koffer genommen und war ohne Abschied hinter der Haustür verschwunden. Wütend auf sich selbst hatte Wafzig mit viel zu hohem Tempo die Heimfahrt von Mainz nach Koblenz zurückgelegt.

Jetzt ist er froh, sich endlich wieder seiner Arbeit widmen und den Streit mit Erika vergessen zu können. Als er sein Büro betritt, klingelt das Telefon. Die Dame in der Vermittlung teilt ihm mit, dass Regierungsdirektor Paul Engelbrecht versucht habe, ihn zu erreichen. Wafzig bittet sie, ihn mit dem Leiter des Zuchthauses Werl zu verbinden.

Engelbrecht ist sofort am Telefon: »Herr Wafzig, ich habe in unseren Haftbüchern nachgesehen: Ein Witek Zilienski und ein Stanislaw Popow finden sich dort nicht. Ich denke, sie waren unter anderen Namen inhaftiert.«

»Das ist bedauerlich, aber nicht zu ändern«, erwidert Wafzig. »Ich bin dennoch davon überzeugt, dass die beiden Insassen Witek und Stanislaw, die Petrow genannt hatte, zwei der Verdächtigen aus dem Burgerhaus-Fall waren.«

»Wahrscheinlich haben Sie recht«, stimmt ihm Engelbrecht zu. »Aber zu Wladimir Inguschin kann ich Ihnen mehr sagen. Ich habe nochmals in unseren Haftbüchern nachgesehen und dabei auch den Schriftverkehr zu Inguschin gesichtet.«

Wafzig ist gespannt, was ihm der Zuchthausdirektor eröffnen wird.

»Sie wissen wahrscheinlich, dass es seit 1955 Überlegungen gab, ausländischen Flüchtlingen, die nach 1945 in der Bundesrepublik geblieben waren, die Rückkehr in ihre Heimat auf freiwilliger Basis zu ermöglichen. 1956 wurden dazu mehrere diplomatische Noten zwischen der Bundesrepublik Deutschland und der Sowjetunion ausgetauscht. Der Fall war besonders, denn die Sowjetunion hatte der Bundesrepublik vorgeworfen, sowjetische Staatsbürger gegen ihren Willen hier festzuhalten. Man behauptete, sie wären in Flüchtlingslagern, Strafanstalten oder in Heilanstalten untergebracht, wo medizinische Versuche an ihnen vorgenommen würden. Das war natürlich barer Unsinn und wurde von den entsprechenden Stellen in Bonn mit Nachdruck zurückgewiesen.«

Engelbrecht unterbricht sich. »Einen kleinen Moment, ich suche die Passage, die in diesem Zusammenhang wichtig ist. Wir sind damals wie alle Behörden und staatlichen Stellen über den Schriftverkehr und die Haltung der Bundesregierung zur Repatriierung der heimatlosen Ausländer vollumfänglich informiert worden.«

Wafzig wartet gespannt, bis der Direktor die Stelle gefunden hat.

»Hier habe ich es. Ich zitiere: ›Die in der Bundesrepublik lebenden heimatlosen Ausländer und ausländischen Flüchtlinge leben hier aus freiem Willen und sind den deutschen Staatsbürgern in sozialer, wirtschaftlicher und kultureller Hinsicht rechtlich gleichgestellt. Sie haben internationale Reiseausweise und können nach ihrem freien Willen das Gebiet der Bundesrepublik jederzeit ungehindert verlassen.‹ Weiter heißt es, dass sie jede notwendige Hilfe bekommen, wenn sie den Wunsch äußern, in ihre Heimat repatriiert zu werden.«

»Interessant«, meint Wafzig, der durchaus beeindruckt ist von den Nachforschungen Engelbrechts, aber langsam ungeduldig wird. »Aber ich verstehe noch nicht, was das mit Wladimir Inguschin zu tun hat.«

»Einen Moment, dazu komme ich jetzt. Ein besonderer Punkt in der Erklärung der Regierung der Union der Sozialistischen Sowjetrepubliken betraf nämlich die Gruppe der ausländischen Flüchtlinge, die sich wegen Verstoßes gegen die deutschen Strafgesetze im Gefängnis befanden. Dazu vermerkte das Auswärtige Amt, dass diese, so wörtlich, ›während ihrer Haft hinsichtlich ihres Willens zur Rückkehr in die Heimat nicht frei seien‹. Aber man könne ihre Repatriierung in Erwägung ziehen, wenn eine Aussetzung ihrer Strafe erwirkt werden kann.«

Engelbrecht macht erneut eine Pause, schnäuzt sich hörbar und meint dann: »Und damit sind wir bei Inguschin. Er wurde über die Möglichkeit zur Repatriierung bereits im Dezember 1955 informiert, als es erste Überlegungen dazu gab. Er hat danach tatsächlich ein Gnadengesuch eingereicht, der Eingang wurde im Juni 1956 von der Staatsanwaltschaft am Landgericht Aachen bestätigt. Dem Gesuch wurde in der Folge jedenfalls stattgegeben, ebenfalls Inguschins Antrag auf Repatriierung. In unseren Haftbüchern findet sich nur noch der Vermerk: ›Am 30. März 1957 nach Hannover verbracht.‹«

Engelbrecht ist hörbar zufrieden mit dem Ergebnis seiner Recherchen. »Nun, Herr Kommissar, ich hoffe, ich konnte Ihnen helfen. Mehr konnte ich leider nicht herausfinden. Aber nun wissen Sie wenigstens, dass sich Inguschin aller Wahrscheinlichkeit nach in der UdSSR befindet.«

Wafzig antwortet darauf nichts. Denn damit wäre einer seiner Hauptverdächtigen seinem Zugriff entzogen. Aber nur Wladimirs Verbringung nach Hannover ist gesichert. Vielleicht befindet er sich doch noch in der Bundesrepublik. Höflich verabschiedet er sich von Engelbrecht und beendet das Telefonat.

Wie immer, wenn er seine Gedanken sortieren will, braucht er frische Luft und einen Spaziergang. Er nimmt Mantel und Hut und verlässt das LKA in Richtung Rheinanlagen.

4. NOVEMBER 1965
OBERLANDESGERICHT KOBLENZ

Wafzig hat endlich einen Termin mit Landgerichtsrat Heinz Wagemann, der Mitte der Fünfzigerjahre als Untersuchungsrichter am Landgericht Koblenz den Fall der Burgerhaus-Morde noch einmal aufgerollt hatte. Nach der Eröffnung durch Engelbrecht, dass sich Wladimir wahrscheinlich in der Sowjetunion befindet, hat er sich gefragt, ob seine Nachforschungen überhaupt noch Sinn machen. Aber er will nicht aufgeben. Zum einen ist er nicht sicher, ob Wladimir nicht doch in Deutschland geblieben ist, und dann ist da zum anderen auch noch Michail Nemzow, den Oberstaatsanwalt Gell vergeblich mit Haftbefehl hat suchen lassen. Außerdem möchte er wissen, wieso Wladimir entlassen wurde, obwohl er die Burgerhaus-Morde eigentlich schon gestanden hatte.

Vor ihm den Becher mit dem inzwischen kalten Kaffee, zündet sich Wafzig noch eine Stuyvesant an. Er überlegt, ob er die Protokolle von Wagemann und seinen Ermittlern noch einmal gründlich durchlesen soll. Doch im Gegensatz zu den spärlichen siebenunddreißig Seiten der Gendarmerie füllen die Aufzeichnungen zu den Ermittlungen Wagemanns mehr als hundert Seiten.

Wafzig verwirft den Gedanken und beschließt, seinem Grundsatz treu zu bleiben, sich ein eigenes Bild zu machen und sich von dem Landgerichtsrat persönlich schildern zu lassen, woran die Aufklärung der Burgerhaus-Morde und die Festsetzung der beiden Hauptverdächtigen, Inguschin und Nemzow, gescheitert waren. Danach kann er seine eigenen Schlüsse ziehen und über das weitere Vorgehen nachdenken. Denn dass der Fall endgültig zu den Akten gelegt wird, ist für ihn noch immer keine Option.

Nach dem Mittagessen, das wie immer freitags in der LKA-Kantine aus gekochtem Fisch mit Senfsoße und Stampfkartoffeln besteht, macht sich Wafzig auf den zehnminütigen Fußweg von der Neustadt zum Oberlandesgericht, wo Wagemann inzwischen als Richter tätig ist. Das Oberlandesgericht ist in einem Seitenflügel des imposanten neubarocken Baus des ehemaligen Oberpräsidiums der Rheinprovinz untergebracht, in unmittelbarer Nähe zum Kurfürstlichen Schloss an den Rheinanlagen.

Nachdem Wafzig sich im Vorzimmer Wagemanns angemeldet hat, empfängt ihn der Landgerichtsrat in seinem mit schweren Eichenmöbeln ausgestatteten Büro.

»Guten Tag, Kommissar Wafzig.« Der Händedruck des großen, fast hageren Wagemann ist kräftig. »Nehmen Sie doch Platz. Stört es Sie, wenn wir noch kurz die Vierzehn-Uhr-Nachrichten hören? Das Oberlandesgericht Düsseldorf müsste inzwischen die Urteile im Treblinka-Prozess gesprochen haben.«

Wafzig hat bereits am Morgen gehört, dass der Urteilsspruch gegen den letzten Kommandanten des Vernichtungslagers, Kurt Franz, sowie gegen weitere neun ehemalige SS-Leute und Angehörige der damaligen Wachmannschaften gegen Mittag erfolgen soll. Selbstverständlich stimmt er zu, die Nachrichten abzuwarten, denn auch er möchte wissen, wie der Prozess gegen den SS-Mann ausgehen wird, der für den Tod von mindestens dreihunderttausend Juden mitverantwortlich sein soll. Wafzig fragt sich allerdings, welches Interesse Wagemann an dem Ausgang des Prozesses haben könnte. Hat er, der wahrscheinlich bereits in der NS-Zeit als Jurist tätig war, auch eine braune Vergangenheit und sich Nazi-Verbrechen schuldig gemacht?

Wagemann nimmt den Urteilsspruch jedenfalls mit ernstem Gesicht kommentarlos zur Kenntnis. Die Richter haben Kurt Franz zu lebenslanger Haft verurteilt, da sie ihm eine »nahezu satanische Grausamkeit, Sadismus und Unbarmherzigkeit« attestiert haben. So hat er KZ-Häftlinge offenbar eigenhändig mit der Peitsche geprügelt oder seinen Hund auf sie gehetzt. Dieser hatte seine Opfer dann regelrecht zerfleischt.

Der Landgerichtsrat streicht sich über sein immer noch volles, braunes Haar und schaut für einen Moment nachdenklich auf seinen Schreibtisch. Aber dann räuspert er sich und wendet sich an Wafzig: »Nun also, Herr Kommissar, zur Sache. Sie haben mich wissen lassen, dass Sie sich für unsere Ermittlungen im Fall der Burgerhaus-Morde interessieren.«

»Das ist richtig, Herr Landgerichtsrat, das LKA überprüft im Augenblick die ungeklärten Fälle aus der französischen Besatzungszeit. Eines der grausamsten Verbrechen war sicher der neunfache Mord von 1946 im

Burgerhaus. Ich möchte alles daransetzen, ihn aufzuklären.«

»Nun, ich erinnere mich gut an den Fall, auch wenn meine Ermittlungen jetzt schon fast zehn Jahre her sind. Es gab wenige Fälle, die mich so sehr beschäftigt haben.«

Wagemann steht auf, und Wafzig bestaunt wieder einmal das stets tadellose Aussehen der Diener Justitias. Wagemann trägt einen dunkelgrauen Flanellanzug mit Weste. Statt der Krawatte ziert eine bordeauxfarbene Fliege den Kragen seines blütenweißen Hemdes. Der Landgerichtsrat geht zu einem großen, mit Intarsien verzierten Schrank, der, so denkt Wafzig, wahrscheinlich noch aus der Zeit der preußischen Verwaltung stammt.

»Ich habe hier Abschriften unserer Ermittlungsakten. Sie müssten sie eigentlich kennen.«

»Im Wesentlichen ja, aber Ihre persönliche Einordnung des Falles ist mir wichtig. Ich habe nämlich gleich zu Beginn meiner Ermittlungen beschlossen, mich bei der Aufklärung nicht allein auf das Studium der alten Akten zu konzentrieren.«

Wafzig schildert dem durchaus interessierten Wagemann den Verlauf seiner bisherigen Ermittlungen, die Ortsbegehung im Burgerhaus, die Gespräche mit den Zeugen und schließlich seine Unterredung mit Oberstaatsanwalt Gell.

»Ich weiß, dass Sie sich bei Ihren Ermittlungen auf die Verfolgung von Wladimir Inguschin und Michail Nemzow konzentriert haben. Sie sind für mich die Hauptverdächtigen. Ich hoffe, ich bekomme durch unser Gespräch neue Ansatzpunkte, zumindest diese beiden zu fassen.«

Wagemann sieht ihn skeptisch an, antwortet aber dann: »Nun, Herr Wafzig, wie Sie wissen, lagen die Akten zu den Burgerhaus-Morden und zu den beiden Hauptverdächtigen Nemzow und Inguschin seit 1951 wieder bei der Staatsanwaltschaft Koblenz. Meine Ermittlungen kamen dann mit einem Schreiben der Oberstaatsanwaltschaft am Landgericht Düsseldorf in Gang. Das war Anfang 1954. Die Kollegen teilten uns mit, dass Michail Nemzow alias Truchno nach wie vor flüchtig sei. Man habe den Haftbefehl gegen ihn aufgehoben und die Ermittlungen zwischenzeitlich eingestellt. Allerdings habe sich eine neue Spur ergeben, die im Fall der Burgerhaus-Morde von Interesse sein könnte.«

Wafzig ist gespannt, von welcher Spur Wagemann spricht. Doch der öffnet jetzt ein verziertes hölzernes Kästchen, nimmt eine Zigarette und spricht, nachdem auch Wafzig sich bedient hat, nach einem tiefen genussvollen Zug weiter: »Sie müssen wissen, mit seinem Schreiben schickte uns das Landgericht mehrere Briefe, die eine gewisse Katja Godder aus Mülheim von einem Mike Polansky aus Mundare in Kanada erhalten hatte. Katja Godder gab gegenüber der Kriminalpolizei Mülheim an, unter diesem Namen Mike Polansky lebe Michail Nemzow alias Truchno in Kanada.«

Wagemann schildert, wie er nach diesem Hinweis auf den möglichen Aufenthaltsort Michail Nemzows im Juli 1954 die Voruntersuchungen gegen Nemzow alias Truchno und gegen Wladimir Inguschin als Hautverdächtige in den Burgerhaus-Morden am Landgericht Koblenz eröffnet hatte.

»Inguschin saß nach wie vor in Werl ein. Er hatte die Morde bereits praktisch gestanden. Für mich waren nach seiner Aussage er und Nemzow hinreichend verdächtig, die Menschen im Burgerhaus getötet zu haben.«

Wagemann hatte dann, so erfährt Wafzig, zwei Vertreter der Staatsanwaltschaft zu den Ermittlungen hinzugezogen und mit ihnen vereinbart, Katja Godder zu vernehmen. Auch Wladimir Inguschin sollte erneut aussagen. Gleichzeitig wollte man prüfen, ob eine Auslieferung Nemzows durch Kanada möglich sei.

»Warten Sie«, meint Wagemann, »die Aussage von Katja Godder habe ich hier vorliegen. Sie hatte Nemzow unter dem Namen Truchno kennengelernt. Am besten lesen Sie selbst.«

Wafzig nimmt den Aktendeckel und liest, dass Katja Godder in Russland aufgewachsen und 1942 als Fünfzehnjährige zum Arbeitseinsatz nach Deutschland gekommen war. Als Zwangsarbeiterin hatte sie auf der Friedrich-Wilhelms-Hütte in Mülheim gearbeitet. Am 1. Dezember 1945 schließlich hatte sie einen Deutschen geheiratet und dadurch die deutsche Staatsbürgerschaft erhalten. Nach diesen persönlichen Einlassungen folgt die Beschreibung ihrer Beziehung zu Michail Nemzow.

Aussage Katja Godder
9. Juli 1955

»Durch eine ehemalige Arbeitskollegin erhielt Truchno meine Anschrift in Oberhausen. Ende April 1950 bekam ich eine Grußkarte von ihm, und zwar rich-

tete er Grüße an mich anlässlich des 1. Mai aus, der in Russland gefeiert wird so wie in anderen Ländern auch. Bis zu diesem Zeitpunkt hatte ich Truchno noch nie gesehen und auch noch nie von ihm gehört. Truchno schrieb danach noch mehrmals, und schließlich fragte er an, ob er mich besuchen könne. Ich fragte meinen Mann, und dieser sagte zu, dass Truchno kommen dürfe, wenn er anständig sei. Truchno kam dann wiederholt zu uns zu Besuch, erstmalig wohl im Mai 1950. Truchno wohnte in Mülheim in einem Zimmer, und auch ich habe ihn dort besucht. Aber er hatte damals ein Mädchen, und ich war doch verheiratet, sodass ich mich schon aus diesem Grund nicht näher mit ihm eingelassen hätte. Auf keinen Fall hat ein intimes Verhältnis bestanden.«

Gespannt liest Wafzig weiter:

»Truchno musste sich damals jede Woche einmal bei der Kriminalpolizei in Mülheim melden. Mehrmals bin ich mit dorthin gegangen, und Truchno hat den Kriminalbeamten dann gesagt, dass ich eine Landsmännin sei. So habe ich den Kriminalbeamten kennengelernt, dem ich später die Briefe übergeben habe. Seinen Namen weiß ich nicht. Ich habe Truchno gefragt, warum er sich melden müsse, und er gab mir gegenüber zu, dass er gestohlen habe. Mehr von seinem Leben und seiner Vergangenheit hat er mir nicht erzählt. Ich weiß nicht, ob er 1946 schon in Deutschland war. So etwa im Juli, August 1950 war Truchno dann verschwunden. Als ich in Mülheim nach ihm

suchte, sagte man mir, dass er geflohen sei, weil er einen Polizeibeamten erschossen hatte. Man suche nach ihm.«

Inzwischen macht sich Wafzig ausführlich Notizen. An die Vernehmung Katja Godders kann er sich aus den Akten nicht erinnern. Möglicherweise befindet sich das Protokoll lediglich in der Handakte des Landgerichtsrats, in der er jetzt weiterliest.

»Nach meiner Ansicht sind dann ein bis anderthalb Jahre vergangen, bis ich wieder was von ihm gehört habe. Und zwar erhielt ich einen Brief aus Kanada. Ich habe den Brief dann dem Beamten in Mülheim gegeben. Ich habe noch weitere Briefe erhalten, so fünfzehn bis zwanzig. Die meisten habe ich vernichtet. Ich habe ihm vielleicht drei- bis viermal geschrieben, immer an dieselbe Adresse. Er nannte sich jetzt Mike Polansky. Ich möchte mit diesem Mann nichts mehr zu tun haben. Ich kann noch sagen, dass ich ihm niemals geschrieben habe, dass er gesucht würde, weil er einen Polizisten erschossen hat.«

Die Beamten hatten sie dann noch nach Wladimir Inguschin gefragt. Doch Katja Godder hatte erklärt, einen Mann mit diesem Namen nicht zu kennen und auch niemals von ihm gehört zu haben.

Wafzig will die Akte an Wagemann zurückreichen. Aber der fordert ihn auf weiterzulesen. »Wir waren damals sicher, dass Frau Godder mehr wusste, als sie zugeben wollte. Aber mehr war nicht aus ihr herauszuholen. Sie hatte aber ganz sicher ein intimes Verhältnis mit Nemzow. Dafür sprechen die Briefe, die er ihr geschrieben hat. Blättern Sie einfach weiter.«

Die beiden Briefe, die Wafzig nun liest, lassen in ihrer derben Anzüglichkeit keinen Zweifel daran, dass zwischen Katja Godder und Michail Nemzow weit mehr als nur ein freundschaftliches Verhältnis bestanden hatte. Was der Russe da schrieb, würde Wafzig nie wagen, Erika gegenüber auch nur anzudeuten! Schon fast peinlich berührt gibt er die Akte zurück an Wagemann.

»Wir haben dann«, fuhr der Landgerichtsrat fort, »leider erfahren, dass eine Auslieferung Nemzows durch Kanada unmöglich sei. Man könne lediglich um Rechtshilfe bitten. Das müsse durch ein deutsches Gericht oder das deutsche Konsulat in Kanada erfolgen. Wir konnten aber Nemzow zum damaligen Zeitpunkt in Kanada nicht ermitteln, obwohl wir sogar Interpol eingeschaltet hatten.«

Wafzig macht sich eine Notiz, dass er die Suche in Kanada mithilfe des Bundeskriminalamts und Interpol noch einmal aufnehmen wird. Inzwischen sind die Möglichkeiten, Personen im Ausland aufzuspüren, sicher größer als Mitte der Fünfzigerjahre.

»Wir haben noch eine ganze Reihe von Nachforschungen zu den Verdächtigen in Aachen, Mülheim und Ratingen angestellt«, fährt Wagemann fort. »Ich verzichte auf die Einzelheiten, denn viel Neues haben wir nicht erfahren. Aber interessant, wenn man so will, war dann die Vernehmung von Wladimir Inguschin.«

Wagemann unterbricht sich, greift zum Telefon und bittet seine Sekretärin, ihnen doch zwei Tassen Kaffee zu bringen. Was prompt geschieht. »Milch, Zucker?«, fragt er Wafzig und bietet ihm eine weitere Zigarette an. Seine Tasse bleibt unberührt. Der Landgerichtsrat lehnt sich zurück, atmet tief und meint: »Die Aussage Inguschins trug den Stempel der Lüge.« Wieder macht er eine kurze Pause, ehe er nachdenklich weiterspricht.

»Es war am 21. Juli 1956. Ich erinnere mich so genau an den Tag, weil es der Geburtstag meiner Frau war. Sie war damals sehr verärgert, dass ich den Termin in Werl hatte. Ich werde wohl auch das hübsche, weiche Gesicht von Wladimir Inguschin nicht vergessen, wie es sich augenblicklich hasserfüllt verfinstert hat, wenn er von Nemzow sprach. Er werde dem Verräter den Hals umdrehen, sollte er ihm nochmals begegnen, ließ er mich gleich zu Beginn wissen. Inguschin sprach übrigens fließend Deutsch und hatte sich wohl sehr gut überlegt, was er aussagen wollte und was nicht. Auf jeden Fall sagte er, dass er Nemzow erst seit 1947 kenne. Er selbst sei von 1943 bis 1949 bei einer sowjetischen Nachrichteneinheit gewesen, Nemzow sei 1947 aus Bulgarien dazugekommen. Er habe Nemzow deshalb nicht vor 1947 gekannt. 1949 seien sie dann nach Westdeutschland desertiert. Die Straftaten, die Nemzow nach 1945 in Andernach begangen haben sollte, kenne er nur vom Hörensagen. Kameraden hätten ihm davon erzählt. Aber die seien alle wieder in Russland.«

Wagemann macht erneut eine Pause. Dann sieht er dem Kommissar direkt in die Augen. »Es war unfassbar, Herr Kommissar, aber Inguschin eröffnete mir dann, wenn er je gesagt haben sollte, er habe die Taten gemeinsam mit Nemzow begangen, sei das ein Missverständnis gewesen und auf seine damaligen schlechten Deutschkenntnisse zurückzuführen.«

Wafzig kann die Empörung und auch Enttäuschung nachvollziehen, die Wagemann empfunden haben musste. Der meint nun: »Inguschins Hass auf Nemzow war damals sicher noch größer geworden. Aber er war offenbar nicht mehr bereit, seinem Hass die eigene Freiheit zu opfern. Was ich damals nicht wusste, war, dass bereits spätestens seit Juni ein Gnadengesuch Inguschins beim Landgericht Aachen vorlag, über das noch entschieden werden sollte. Für mich war nur klar, dass er kein Geständnis mehr ablegen würde. Und da eine Auslieferung Nemzows auch nicht infrage stand, habe ich die Voruntersuchungen eingestellt und bei der großen Strafgerichtskammer am Landgericht Koblenz beantragt, die Angeschuldigten außer Verfolgung zu setzen, da mit einer Überführung der Verdächtigen nicht zu rechnen sei. Darüber wurde dann auch Inguschin informiert. Das Landgericht Koblenz hat wenige Wochen danach die Ermittlungen aus Mangel an Beweisen eingestellt. Das war«, Wagemann blättert in der Akte, »am 29. Oktober 1956.«

Der Landgerichtsrat klappt den roten Aktendeckel vor sich zu und meint mit resigniertem Gesichtsausdruck: »Ich kann nicht sagen, dass ich auf den Ausgang der Ermittlungen damals stolz gewesen bin. Jedenfalls wünsche ich Ihnen mehr Glück!«

Auch Wafzig schließt seinen Notizblock, bedankt sich bei Landgerichtsrat Wagemann und verlässt mit dem unguten Gefühl das Büro, dass sich seine Hoffnung auf eine Lösung des Falls doch noch zerschlagen könnte.

30. MÄRZ 1957
WLADIMIR

Wladimir stand auf dem Bahnsteig. Er bemerkte, dass die Wartenden immer wieder verstohlen zu ihm hinsahen. Das lag wahrscheinlich an den beiden Polizisten, die stramm neben ihm standen. Sie sollten ihn bis nach Ostberlin begleiten und dort an Mitarbeiter der sowjetischen Botschaft übergeben. Wie sehr er die neugierigen, hochmütigen Blicke der Deutschen hasste! Für Wladimir stand fest, dass sie sich immer noch als Herrenmenschen fühlten, auch wenn sie besiegt waren und ihr Land von den Truppen der Siegermächte besetzt war.

Am frühen Morgen war er vom Zuchthaus Werl, begleitet von zwei Justizvollzugsbeamten im grünen Borgward-Kastenwagen, bis hierher, zum Bahnhof Hannover, gebracht worden. In Kürze sollte der Zug einfahren, der ihn seiner Heimat, der Sowjetunion, ein Stück näher bringen würde. Das Landgericht Aachen hatte seinem Gnadengesuch stattgegeben. Danach hatte er beim Justizministerium der Bundesrepublik Deutschland und beim Obersten Sowjet sein Gesuch auf Rückkehr in die Heimat gestellt. Dem war vor zwei Monaten ebenfalls stattgegeben worden. Was ihn in der Sowjetunion wohl erwartete? Aber alles war besser als weitere acht Jahre im Zuchthaus von Werl.

In seinen letzten Tagen hinter Gittern hatte Wladimir oft an die Jahre seit seiner Flucht 1942 aus Saratow gedacht. Er hatte damals Hunger und Kälte gelitten und gehofft, mit der Flucht ins Deutsche Reich würde alles besser werden. Doch dann erlebte er das Wüten und Morden der Nazis in Charkow, das Elend der Deportation ins Deutsche Reich und die furchtbare Zwangsarbeit in der Stahlfabrik bei Andernach. Er war in dieser Zeit ein anderer geworden. Nach seiner Befreiung hatte er gestohlen, geraubt, geschändet und gemordet. Wladimir verspürte deshalb keine Reue, empfand kein Mitleid für seine Opfer. Denn diejenigen, denen er das Leben genommen hatte, hatten es in seinen Augen verdient. Sie waren Deutsche und trugen die Schuld an seinem Leid und am Leid seines Volkes. Sie hatten die Rachegelüste, den Hass und die Mordlust in ihm überhaupt erst gesät. Er hatte den schlafenden Alten in seinem Bett im Burgerhaus gehasst, den er aus nächster Nähe mit einem Schuss in die Stirn getötet hatte. Und hatte auch Genugtuung verspürt bei all den anderen, die er überfallen, ausgeraubt und getötet hatte – bis hin zu seinem letzten Toten, dem Bewohner des Hauses in Hürtgen.

Wladimir dachte auch an Berta, der er vertraut und die ihn verraten hatte. Und er dachte an Michail, der einst wie ein Bruder für ihn gewesen war. Auch Michail hatte ihn verraten und gemeinsame Sache mit den Deutschen gemacht und ihn, seinen Freund und Bruder, der Polizei ausgeliefert und ins Gefängnis gebracht. Bei dem Gedanken an Michail stieg die eiskalte Wut erneut in Wladimir hoch. Er hatte Michael zahlreicher Verbrechen bezichtigt, doch die deutsche Polizei war offenbar nicht gewillt, den Verräter zu fassen. Er war noch immer auf freiem Fuß. Wenn er ihm nur noch einmal begegnen könnte, um an ihm Rache nehmen zu können! Er würde ihn mit seinen eigenen Händen langsam und qualvoll erwürgen. Bald würde er ein freier Mann sein, und wer weiß, vielleicht könnte es ihm gelingen, Michail ausfindig zu machen. Doch jetzt auf dem Bahnhof von Hannover fragte er sich zuallererst, was ihn in der Heimat erwartete. Sein neuer Flüchtlingsausweis wies ihn als Russen, nicht als Wolgadeutschen aus. Man würde ihn trotzdem verhören – entweder schon in Berlin oder in Moskau, dessen war sich Wladimir sicher. Zwar war Stalin tot, die Strafarbeitslager des GULAG weitgehend aufgelöst, aber den Staatssicherheitsdienst, der jetzt KGB hieß, gab es immer noch. Der Geheimdienst diente auch dem neuen starken Mann an der Spitze der Sowjetunion, Nikita Sergejewitsch Chruschtschow, dazu, seine Feinde im eigenen Land nötigenfalls auszuschalten. Wladimir fürchtete die Verhöre nicht. Im Gegenteil, er war bereit, alles auszusagen, was er über die Deutschen wusste. Doch er fragte sich, was danach kommen würde. Er wollte weiter nach Saratow, in seine Heimatstadt. Aber waren da noch Wolgadeutsche oder waren sie alle von Stalin nach Sibirien verschleppt worden? Würde er Vater und Mutter wiedersehen, seine Freunde und auch die hübsche Valentina, die er vor unendlich langer Zeit geküsst hatte? Wladimir hing noch eine Weile seinen Gedanken nach, als er das Pfeifen des herannahenden Zuges hörte. Gemeinsam mit den beiden Polizisten stieg er ein.

7. MÄRZ 1966
LKA KOBLENZ

Mit kräftigem, gleichmäßigem Schlag zieht Wafzig die Skulls durch das Wasser. Lautlos gleitet der schlanke Einer über den Moselstausee. Die letzten Wochen ist er trotz der niedrigen Temperaturen fast täglich hier gewesen, um auf dem einsamen Wasser des Sees über seine Zukunft nachzudenken. Auch heute, an diesem Montagmorgen, denkt er daran, an Erika und die Trennung. Sie hat ihn verlassen, obwohl sie sich nach ihrem heftigen Streit auf der Rückreise von ihren Eltern wieder versöhnt und einander angenähert hatten. Erika war liebevoll und zärtlich gewesen, umschmeichelte ihn und hatte alle Anspielungen auf gemeinsamen Hausstand und Heirat vermieden. Auch er war bemüht gewesen, sie mit kleinen Aufmerksamkeiten wiederzugewinnen. Er machte ihr Komplimente, brachte Blumen mit, wenn er sie besuchte, und führte sie in Restaurants, ins Kino und Theater. Aber irgendwie wollte sich die alte Nähe nicht wieder einstellen.

Dann, vor gut fünf Wochen, hat sie ihm bei einem seiner Besuche in Mainz vollkommen unerwartet eröffnet, dass sie ihre Beziehung beenden wolle. Er würde sich ja doch nie zu einer Heirat entschließen. Aber sie wolle ein Heim mit Mann und Kindern, und mit ihm habe sie die Hoffnung darauf aufgegeben. Kühl ließ sie ihn wissen, dass es bereits einen Kandidaten für eine Zukunft nach ihren Vorstellungen gebe. Sie habe ihn bei einem Fastnachtsball der Hechtsheimer Dragoner Garde kennengelernt, und der Mann könne sich Heirat und Kinder durchaus vorstellen. Wafzig war fassungslos! Erika hatte ihm vorher erzählt, dass sie mit einer Freundin dorthin wollte, und er hatte großmütig zugestimmt. Nun wollte sie ihn also für einen anderen verlassen. Er konnte es nicht glauben, und es waren böse Worte gefallen. Wafzig war verletzt, gekränkt und wütend auf den anderen Mann. Schließlich hat er seine Sachen gepackt und Erikas Wohnung verlassen. Erst auf der Heimfahrt hat er dann so richtig begriffen, dass die Trennung wohl endgültig ist.

In den nächsten Wochen hat Wafzig sich in die Arbeit gestürzt, er rauchte noch mehr Zigaretten und trank zu viele Biere und Schnäpse an den einsamen Abenden vor dem Fernseher. Unausgeschlafen und verkatert erschien er dann zum Dienst, bis ihn ein Kamerad aus dem Ruderverein, mit dem er sich des Öfteren in privaten Wettkämpfen gemessen hatte, fast genötigt hat, wieder mit dem Training anzufangen. Nur unwillig hat sich Wafzig aufgerafft. Aber es hat geholfen. In ihm ist beim allmorgendlichen Rudern so langsam die Erkenntnis gereift, dass er die Trennung unbewusst gewollt hatte.

Mit der erneuten Erkenntnis, dass er einfach nicht der Mann ist, der sich binden lassen will, bringt Wafzig jetzt das Boot an Land und packt seine Sachen. Im LKA wartet Arbeit auf ihn. Denn in den Burgerhaus-Morden ist er in den vergangenen Wochen nicht wirklich weitergekommen.

Im Büro angekommen, liest er in seinen Aufzeichnungen. Er möchte noch einmal seine bisherigen Ermittlungen in den Burgerhaus-Morden rekapitulieren, die ihn nun schon fast zwei Jahre beschäftigen, ohne dass er einen Durchbruch erzielt hat. Er hat den Tatort besichtigt, Tatzeit, Tatbestand und Tatausführung rekonstruiert. Er hat die Spuren der französischen Gendarmerie nachverfolgt und die Ermittler der Fünfzigerjahre gehört. Er hat in Diez und Werl nach den Verdächtigen gesucht und den Zeugen Petrow vernommen. Insgesamt hat er acht Spuren identifiziert. Sein Verdacht im Hinblick auf die mutmaßlichen Täter des Überfalls auf das Burgerhaus hat sich in sieben Fällen erhärtet. Lediglich den von den Franzosen vernommenen Ludwig K. hat er von seiner Liste gestrichen. Und Fedor Nowak war im Wald von Namedy erschossen worden. Es ist an der Zeit, den nächsten Schritt zu tun. Er wird Staatsanwalt Hohenstein bitten, Haftbefehl gegen die sechs Männer zu beantragen, die er für dringend tatverdächtig hält.

Er zieht die Schreibmaschine zu sich heran und fasst für Hohenstein das Ergebnis seiner Auswertung zusammen.

»Die Chance, noch eine Erfolg versprechende Tataufklärung in diesem Ermittlungsfall durchzuführen, ist nach gegenwärtigem Sachstand gering. Sie darf aber in keinem Fall ungenutzt bleiben. Das Kapitalverbrechen vom 1. April 1946 rechtfertigt jeden Aufwand in der Ermittlungsarbeit, die deshalb intensiv fortgesetzt werden sollte. Ich rege an, gegen die im Folgenden aufgeführten Tatverdächtigen Haftbefehl beim zuständigen Amtsgericht Andernach zu beantragen.

Hauptverdächtig sind:
1. Wladimir Inguschin, geb. 1927 in Saratow, Russland
2. Michail Nemzow, geb. 1926 in Bubny, Ukraine
3. Pawel Gerassimov, geb. 1921 in Pułtusk, Polen
4. Alexander Bukov, geb. 1921 in Smolensk, Russland
5. Witek Zielinski, Pole
6. Stanislaw Popov, Russe

Zum Verbleib der Täter ist Folgendes festzustellen:
1. Der mögliche Haupttäter Wladimir Inguschin wurde im März 1957 aus dem Zuchthaus Werl entlassen und möglicherweise in die Union der Sozialistischen Sowjetischen Republiken repatriiert.
2. Michail Nemzow befindet sich möglicherweise in Kanada. Eine Suche durch Interpol Ottawa blieb Mitte der Fünfzigerjahre ohne Erfolg.
3. Pawel Gerassimov, 1953 aus dem Zuchthaus Diez entlassen, Aufenthalt ungeklärt, befindet sich möglicherweise in Polen.
4. Alexander Bukov, 1953 aus dem Zuchthaus Diez entlassen, Aufenthalt ungeklärt.
5. Witek Zielinski, 1957 aus dem Zuchthaus Werl entlassen, Aufenthalt ungeklärt.
6. Stanislaw Popov, 1957 aus dem Zuchthaus Werl entlassen, Aufenthalt ungeklärt.

Wafzig ist zufrieden. Er steckt sein Schreiben sorgfältig in einen DIN-A4-Umschlag und heftet den Durchschlag für Seiters in einem Aktendeckel ab. Dann macht er sich auf den Weg in das Büro des Abteilungsleiters und bittet die Sekretärin, einen Boten mit dem Schreiben an Hohenstein in die Staatsanwaltschaft in der Karmeliterstraße zu schicken.

13. MAI 1966
LKA KOBLENZ

Wafzig hat ein neues Büro bezogen, mit schrägem Blick auf das Schloss und ein ganzes Stück größer als die kleine Kammer, die bislang sein Domizil im LKA war. Seit Anfang des Monats gehört er nun zum Dezernat »Eigentumsdelikte und Organisierte Kriminalität«. Die Arbeit im Team gefällt ihm, die Kollegen haben ihm sogar einen neuen Schreibtischstuhl organisiert, der seiner Größe angemessen ist. »Vielleicht kommt der Rücken aber doch vom Rudern«, meinten sie allerdings lachend, als sie zu dritt einen der Sessel mit hoher Lehne und bequemen Armstützen, die normalerweise den Chefs vorbehalten sind, in sein Büro rollten. Nach dieser Aktion musste Wafzig dann einige Herrengedecke in der inoffiziellen LKA-Kantine, der Spelunke, ausgeben.

Wafzig schaut auf den verblassten Aktendeckel mit dem Burgerhaus-Fall neben sich auf dem Sideboard. Vor seiner Versetzung hatte ihm Abteilungsleiter Seiters eröffnet, dass man nach seinem letzten Bericht und dem Ergehen des Haftbefehls am 30. März entschieden habe, die Ermittlungen in den Burgerhaus-Morden »herunterzufahren«. Sein Einsatz werde an anderer Stelle dringender gebraucht. So ist Wafzig zurzeit mit einer Reihe von Kunstdiebstählen beschäftigt, die sich in den vergangenen Wochen in der Gegend von Trier gehäuft haben. Aus Kirchen, Klöstern und Kapellen wurden wertvolle Heiligenfiguren aus dem Mittelalter und andere sakrale Gegenstände entwendet. Von den Tätern fehlt bislang jede Spur. Einige wenige der geraubten Kunstwerke konnten allerdings bei Antiquitätenhändlern sichergestellt werden, die sie, ohne Verdacht zu schöpfen, trotz fehlenden Herkunftsnachweises angekauft hatten.

Aber auch mitten in einem aktuellen Fall ist Wafzig nicht geneigt, seine Ermittlungen in den Burgerhaus-Morden herunterzufahren. Hartnäckig wie er nun einmal ist, will er den Fall noch immer endgültig aufklären. Zwanzig Jahre nach der Tat hatte sich sogar die überregionale Presse noch einmal für den Fall interessiert. Sie hatten offenbar Material zu den Burgerhaus-Morden bekommen. In der *BILD* war jedenfalls ein Artikel erschienen mit dem reißerischen Titel: *Neun Menschen erschossen – keine Strafe*. Ausführlich wurde der Überfall vom 1. April 1946 geschildert und eine überlebende Zeugin zitiert mit den Worten: *»Wir haben heute noch Angst.«* Wafzig bekam danach jede Menge Hinweise aus der Bevölkerung. Doch alle Spuren haben sich als irrelevant erwiesen. Sie waren persönlichen Abrechnungen mit Nachbarn, Verwandten oder Freunden, Wichtigtuerei oder altersbedingter Verwirrtheit geschuldet.

Belastbare Hinweise erhofft sich Wafzig allerdings von seinem Treffen heute Mittag. Nachdem der Haftbefehl gegen seine sechs Verdächtigen ergangen war, hatte ihn ein Kollege der Kriminalpolizei Frankfurt angerufen und ihm mitgeteilt, er habe möglicherweise Hinweise zu einem der Verdächtigen, zu Alexander Bukov. Außerdem habe es in Hessen 1945 einen ähnlichen Fall gegeben. Auf einem Bauernhof in Obereschbach seien acht Menschen getötet worden. Vielleicht ergebe sich daraus ein Zusammenhang mit dem neunfachen Mord im Burgerhaus. Der Kollege hatte vorgeschlagen, Wafzig persönlich zu unterrichten und dafür nach Koblenz zu kommen.

Der Kommissar sieht auf die Uhr. Für dreizehn Uhr ist er mit Polizeihauptwachtmeister Gerd Mayer im Alten Brauhaus verabredet. Es ist Zeit, sich auf den Weg zu machen.

ALTES BRAUHAUS, KOBLENZ

Wafzig genießt den kurzen Spazierweg von der Neustadt über die Schanzenpforte und von dort zum Schängelbrunnen im Rathaushof. Der Brunnen wurde 1940 zu Ehren des Koblenzer Mundartdichters und Verfassers des »Schängellieds«, Josef Cornelius, errichtet. Für viele Koblenzer ist der Brunnen mit dem Konterfei des Dichters und der Wasser speienden Bronzefigur des Schängels, eines Koblenzer Jungen, das eigentliche Wahrzeichen der Stadt. Vielleicht hat Wafzig Zeit, ihn seinem Gast nach dem Essen zu zeigen. Zum Gasthaus in der Braugasse sind es hierher nur wenige Gehminuten.

Als er das Alte Brauhaus betritt, sitzt Mayer bereits an dem von Wafzig reservierten Tisch. Kollegial schüttelt er dem wesentlich kleineren, aber sichtlich durchtrainierten jungen Kollegen die Hand. Mayer hat volles braunes Haar und erstaunlich blaue Augen. Mit herzlichem Lächeln erwidert er den Händedruck Wafzigs.

»Schön, Sie kennenzulernen, Herr Wafzig. Ich habe mir gedacht, es ist besser, ich berichte Ihnen persönlich von unseren Ermittlungen in Bezug auf Ihren Verdächtigen Bukov, statt Ihnen lediglich unsere Akten zu schicken.«

»Das ist mir sehr recht. Ich halte nämlich auch nicht viel vom reinen Studium der Akten. Ich hoffe, Sie hatten eine angenehme Reise von Frankfurt hierher.«

»Aber ja, ich bin mit dem Auto gekommen, die A48 ist ja inzwischen bis Bendorf freigegeben. Das war wirklich angenehm zu fahren. Nur der Verkehr hier in Koblenz ist nicht weniger dicht als in Frankfurt. Aber das wird bei der rasanten Zunahme von Kraftfahrzeugen nicht besser werden.«

»Das stimmt. Aber nun wollen wir erst mal zu essen und zu trinken bestellen. Sie müssen das Koblenzer Bräu probieren, das von hier kommt. Und natürlich dazu Himmel un Ääd – das ist Kartoffelbrei mit Apfelmus – und Flönz, gebratene Blutwurst.«

Wafzig sieht dem Frankfurter Kollegen an, dass Himmel un Ääd nicht unbedingt nach seinem Geschmack ist. Aber höflich stimmt Mayer zu. Nach einem ersten Schluck von dem hellen Vollbier beginnt er mit seinem Bericht.

»Also, Herr Wafzig, Ihr Alexander Bukov ist für uns ein alter Bekannter. Er ist bei uns bereits 1961 in Erscheinung getreten. Er war in Frankfurt wegen Betrugs, Diebstahls, Urkundenfälschung, Hehlerei und unberechtigten Waffenbesitzes verurteilt. Im Laufe des Verfahrens erhielten wir den Hinweis, dass er möglicherweise zu einer Bande ehemaliger polnischer und russischer Zwangsarbeiter gehört hat, die nach dem Krieg in Hessen und Rheinland-Pfalz mehrere Überfälle auf Bauernhöfe verübt hatte. Wir haben ihn diesbezüglich dann im November 1961 im Gefängnis befragt.«

Wafzig unterbricht den Kollegen, denn er sieht den Kellner mit zwei dampfenden Tellern Himmel un Ääd kommen. Sein Essen will er gern heiß genießen. »Ich sehe, unsere Bestellung kommt, lassen Sie uns nach dem Essen weiterreden.«

Das Koblenzer Traditionsgericht schmeckt Mayer dann doch offensichtlich ganz ausgezeichnet. Sein Teller ist schnell leer, und nach einem genussvollen letzten Bissen und der Bestellung eines weiteren Koblenzer Bräus nimmt er den Faden zu Alexander Bukov wieder auf.

»Also, wie gesagt, wir haben Bukov vernommen. Er erklärte uns, dass er nicht der Gesuchte sein könne. Er habe in der 1. Polnischen Polizei-Division, die in England aufgestellt worden war, an der Besetzung Deutschlands teilgenommen und sei danach wieder nach England zurückgekehrt. Erst 1948 sei er wieder nach Deutschland gekommen. Wir haben die Geschichte durch Interpol überprüfen lassen. Sie stimmte natürlich nicht. Wahrscheinlich hat er sich die Legende aufgrund von Erzählungen zusammengereimt. Aber dass er zu der Bande von ehemaligen Zwangsarbeitern gehörte, die in der Gegend zahlreiche Verbrechen begangen hatte, das konnten wir ihm nicht nachweisen.«

Mayer nimmt einen großen Schluck vom Koblenzer Bräu, und Wafzig zündet sich eine Stuyvesant an. Bislang weiß er noch nicht, worauf der Kollege hinauswill.

»Bukov wurde Anfang Dezember 1962 aus dem Gefängnis entlassen. Er hat danach bei der Spedition Bartsch in Frankfurt eine Anstellung als Packer bekommen. Im Januar 1964 trat er dann erneut in Erscheinung. Auf Antrag der Staatsanwaltschaft Koblenz wurde er festgenommen, da er in Ahrweiler betrunken und ohne Führerschein einen Unfall verursacht hatte. Warum der Haftrichter seine Vorgeschichte nicht kannte, weiß ich nicht. Auf jeden Fall wurde Bukov, da er ja Wohnsitz und Beschäftigung nachweisen konnte, gegen Auflagen entlassen. Seit dem 4. April 1964 ist er nun verschwunden, ›unbekannten Aufenthalts‹, wie es so schön heißt.«

Wafzig traut seinen Ohren nicht, man hatte einen seiner Verdächtigen festgenommen und dann laufen lassen?

»Warum erzählen Sie mir das alles, Kollege Mayer? Wenn ich ehrlich sein soll, bringt mich das in meinen Ermittlungen nicht weiter.«

»Ich weiß, Kollege Wafzig. Aber ich war nach dem Haftbefehl vom Amtsgericht Andernach noch einmal bei Frau Bartsch, der Inhaberin der Spedition. Sie hat mir gegenüber zugegeben, dass Bukov sie im April '64 um eine höhere Summe Geld gebeten hatte. Da die beiden wohl ein Verhältnis hatten, gab sie es ihm. Er wollte, so hat sie mir gestanden, damit nach Amerika. Vielleicht lohnt es sich, Bukov über Interpol suchen zu lassen.«

Wafzig nickt und nimmt sich vor, das gleich am nächsten Tag über das Bundeskriminalamt zu veranlassen.

»Aber ich kann Ihnen vielleicht noch einen Hinweis geben«, meint Mayer dann. »Am 22. November 1945 gab es einen Überfall auf die Fleckmühle, einen Bauernhof in Obereschbach. Dabei wurden acht Menschen getötet. Der Tathergang ähnelt von dem, was ich weiß, dem der Burgerhaus-Morde. Damals wurden Projektile einer 9-mm-Pistole 08 sichergestellt. Die Amerikaner haben sie damals nicht einbehalten, sodass wir sie jetzt an die zentrale Munitionssammlung des BKA geschickt haben, um eventuelle Zusammenhänge mit anderen Taten herstellen zu können. Das wollte ich Ihnen einfach auch empfehlen, falls Sie Projektile aus dem Burgerhaus haben. Vielleicht hilft es Ihren Ermittlungen.«

Wafzig ist verärgert. Warum ist er darauf nicht selbst gekommen? Er hat sich damit zufriedengegeben, dass die Franzosen die Projektile und Hülsen vernichtet haben, sie also für eine kriminaltechnische Auswertung nicht mehr zur Verfügung stehen. Dabei hat er die Möglichkeit, nach eventuell noch vorhandenen Projektilen am Tatort suchen zu lassen, außer Acht gelassen. Er hat sich von seinem Mitgefühl gegenüber der innerlich zerrissenen Katharina Windheuser und ihrem behinderten Bruder Hanni leiten lassen. Das hätte ihm, der bei seinen Ermittlungen stets einen kühlen Kopf bewahrt, nicht passieren dürfen.

Er schaut Mayer an. Weiß er, dass er Wafzig mit seinem Hinweis auf die Munitionssammlung des BKA brüskiert hat? Er kann in Mayers zufrieden lächelndem Gesicht nicht lesen. Der schaut sich in der Gaststube mit ihrer dunklen Holzvertäfelung, den alten Kronleuchtern und den gediegenen, weiß eingedeckten Tischen um und wechselt fröhlich das Thema: »Schönes Gasthaus, sind Sie oft hier?«

»Nicht sehr oft«, erwidert Wafzig kurz angebunden und verlangt die Rechnung. »Ich denke, ich muss zurück an meinen Arbeitsplatz, und Sie müssen ja auch noch zurück nach Frankfurt. Ich bedanke mich jedenfalls für Ihre Hinweise und dafür, dass Sie sich persönlich hierherbemüht haben.«

Vor dem Eingang zum Alten Bräuhaus verabschiedet er sich eilig von dem Kollegen. Er hat keine Lust mehr, ihm den Schängelbrunnen und die Altstadt zu zeigen. Immer noch verärgert geht er zurück ins LKA.

21. JUNI 1966
BURGERHAUS

Wafzig nimmt die holprige Schotterstraße von Andernach über Plaidt hinauf zum Burgerhaus. Er fragt sich, was ihn wohl erwarten wird. Seit über zwei Jahren ermittelt er nun in den Burgerhaus-Morden, aber eine endgültige Aufklärung der Tat ist ihm bis heute nicht gelungen. Seine Verdächtigen sind allesamt »ungeklärten Aufenthalts«. Als er Katharina Windheuser über sein Vorhaben am Telefon informiert hat, war sie wortkarg und abweisend wie bei ihrer ersten Begegnung. Vorsichtig hat Wafzig ihr erklärt, dass er zur endgültigen Identifizierung der Täter den Tatort noch einmal begutachten und nach Projektilen absuchen lassen wollte. Dazu müssten die Bretter des Küchenbodens herausgenommen werden. Zu seiner großen Überraschung stimmte Katharina dem sogar zu. Sie hat nur eine Bitte geäußert, nämlich, dass sie zuvor Hanni zu Verwandten nach Brohl bringen konnte.

Schwierigkeiten machte ihm dann allerdings Abteilungsleiter Seiters. Er war von der Idee, nach den alten Projektilen zu suchen, wenig begeistert. Er hielt das Unterfangen für Zeit- und vor allem Geldverschwendung. Wafzig bot an, über die Andernacher Kollegen einen Bodenleger um einen Kostenvoranschlag zu bitten und bei der Bundeswehr anzufragen, ob man von dort den ebenfalls notwendigen Geigerzähler erhalten könne. Als er die Zusage der Bundeswehr erhalten hat und den Kostenvoranschlag des Handwerkers in den Händen hielt, musste auch Seiters widerstrebend seine Zustimmung geben. Der Handwerker hatte festgestellt, dass nach dem Herausnehmen des Bodens lediglich ein Brett ersetzt werden müsse. Die Kosten dafür beliefen sich auf unter fünfzig D-Mark.

Als Wafzig sich dem Burgerhaus nähert, sieht er, dass die zwei Spezialisten des LKA, die Seiters ihm dann doch noch zur Seite gestellt hat, bereits vor Ort sind. Nach einer kurzen Begrüßung gehen die Männer zur Haustür. Wafzig denkt an seinen ersten Besuch, als Katharina ihm nach seinem Klopfen die Tür nur widerwillig geöffnet hatte. Wie würde sie den Kommissar heute empfangen? Sie hat sich in den vergangenen zwei Jahren kein einziges Mal nach dem Fortgang der Ermittlungen erkundigt. Für Wafzig ist klar, dass sie nach seinem Besuch das grausame Geschehen vom 1. April 1946 wieder tief in ihrem Inneren vergraben hat und versucht, all das Schreckliche zu vergessen. Aber dennoch ist ihr offensichtlich an der Aufklärung des Verbrechens gelegen. Er hofft, dass er sie nicht enttäuscht und sie die vielleicht noch vorhandenen Projektile finden.

Als sich die Tür öffnet, empfängt Wafzig und seine Kollegen jedoch nicht Katharina Windheuser, sondern ihre Schwester Hildegard Bengert mit ihrem Mann. »Ah, Herr Kommissar Wafzig, ich hätte nicht gedacht, dass wir uns noch einmal wiedersehen. Aber kommen Sie doch rein.«

Sie nickt den beiden Begleitern von Wafzig kurz zu und meint dann: »Wir haben schon alles vorbereitet, wir haben alle Möbel aus der Küche entfernt – bis auf den Herd natürlich. Und der Bodenleger ist auch da.«

Wafzig sieht sich um. »Ist Ihre Schwester Katharina nicht im Haus?«

Bengert kommt seiner Frau mit der Antwort zuvor: »Die ist vorgestern mit Hanni zu Verwandten nach Brohl. Sie wollen dort ein paar Tage bleiben. Ich denke, für sie wäre es einfach unerträglich, wenn der Boden herausgerissen wird und Ihre Kollegen die Patronenhülsen finden.« Dabei schaut er auf die beiden Beamten, von denen einer den Geigerzähler in der Hand hält. »Wissen Sie, Katharina war die letzten Tage noch wortkarger und mürrischer als sonst. Ein Zeichen, dass die Erinnerung an damals sie wieder mal quält.«

Hildegard Bengert schaut ihren leicht untersetzten Mann missbilligend an, dessen roter Nase und vorwölbendem Bauch man ansieht, dass er dem Bier aus dem eigenen Zapfhahn nicht abgeneigt ist. Offensichtlich, so denkt Wafzig, hat Katharina Windheuser mit ihrer Schwester eine simple Ausrede für ihr Fernbleiben vom Tatort verabredet. Es fällt ihr wohl noch immer nicht leicht, ihr wahres Empfinden zu zeigen.

Frau Bengert wendet sich nun an die Beamten: »Der Bodenleger erwartet Sie, kommen Sie mit in die Küche, dann können Sie gleich mit der Arbeit anfangen.«

Langsam, Schritt für Schritt, untersuchen die beiden Spezialisten der Spurensicherung mithilfe des Geigerzählers den Küchenboden. In einer Ecke schlägt er plötzlich aus. Wafzig erinnert sich, dass dies die Stelle war, wo der dreizehnjährige Cornelius Gellert erschossen wurde. Unter den Dielen, die der Handwerker nun routiniert entfernt, finden die Beamten tatsächlich ein stark oxydiertes Projektil. Endlich, denkt Wafzig, ein verwertbares Beweisstück, das vielleicht einen der Täter eindeutig identifizieren wird.

Vorsichtig lässt der Kollege das Projektil in einen Asservatenbeutel gleiten und übergibt ihn Wafzig. Das oxidierte Projektil wird der einzige Fund bleiben.

»Frau Bengert, ich denke, wir haben, was wir wollten.« Wafzig wendet sich an Hildegard, die das Unternehmen die ganze Zeit von der Tür aus beobachtet hat. Ihr Ehemann hat sich offensichtlich in die Schankstube und an den Zapfhahn zurückgezogen. »Haben Sie etwas dagegen, wenn wir auch noch die oberen Räume mit dem Geigenzähler absuchen? Nur zur Sicherheit.«

Hildegard Bengert schüttelt stumm den Kopf. Mit dem Geigerzähler gehen die Beamten in die Schlafzimmer des oberen Stockwerks und in die Dachkammer, in der Wilhelm Hoffmann, der Vater von Elli Windheuser, getötet worden war. Doch der Geigerzähler schlägt nicht mehr aus.

Nachdem sie das Haus verlassen haben und Wafzig sich von den Kollegen verabschiedet hat, bleibt der Kommissar noch einem Moment im Ford Taunus sitzen. Er kommt nicht umhin, er muss sich eingestehen, dass er schon allein für die nach außen hin so starke, aber doch so gebrochene Katharina Windheuser die Täter unbedingt dingfest machen will. Zumindest Wladimir Inguschin und Michail Nemzow muss er finden!

28. JULI 1990
MAINZ

Wafzig sitzt, die Zeitung lesend, am Frühstückstisch. Über den Rand des *Rheinischen Merkurs* hinweg sieht er, wie Gertrud, seine Frau, Dackel Maxi mal wieder mit Leberwurst füttert. Seit acht Jahren sind sie verheiratet, und seit fast ebenso langer Zeit teilt er sein Leben nicht nur mit Gertrud, sondern auch mit ihrem verzogenen Hund. Aber er kann seiner Frau wegen ihrer antiautoritären Hundeerziehung einfach nicht böse sein, auch wenn er das Füttern vom Tisch nicht ausstehen kann. Gertrud muss ihn nur mit ihren strahlend blauen Augen und dem Grübchen am Kinn anlächeln, und er ist ihr verfallen. So war es schon damals, als er die hochgewachsene, blonde Frau vor zehn Jahren auf der Terrasse vom Ruderclub am Koblenzer Moselstausee gesehen hatte, wie sie mit ihrer Freundin aus dem Zweier-Ruderboot stieg. Wafzig konnte ihr ausgelassenes Lachen hören, als sie das Boot ans Ufer zogen. Er sah ihre langen schlanken Beine, ihre durchtrainierten Arme und Schultern und den blonden Zopf, der bei jeder ihrer Bewegungen fröhlich hin und her baumelte. Er, der bei allen als eingefleischter Junggeselle galt, hatte auf der Stelle sein Herz an die attraktive Ruderin verloren. Er sprach sie an, und obwohl sie fast zwölf Jahre jünger war, verliebte auch sie sich gleich bei ihrem ersten Treffen. Als das LKA 1982 von Koblenz nach Mainz zog, gab sie ihre Kinderarztpraxis in Koblenz auf und zog zu ihm. Wenig später folgte die Hochzeit.

Das Klingeln des Telefons unterbricht seine romantischen Gedanken. Gertrud blickt ihn an, steht auf und meint: »Geh du ran, ich muss los in die Klinik. Ich bin schon spät dran.« Sie haucht ihm einen Kuss auf die Stirn und streichelt kurz Maxi. Dann ist sie auch schon durch die Tür. Wafzig erhebt sich widerwillig und geht zum Telefon.

Am Apparat ist ein ehemaliger Kollege des LKA. »Guten Morgen, Herr Wafzig, hier Schröder.«

»Guten Morgen, Kollege Schröder, was gibt es, ist etwas passiert, dass Sie mich anrufen?«

»Ja, tatsächlich ist etwas passiert, und ich dachte, ich sollte Sie informieren. Die Ermittlungen im Fall der Burgerhaus-Morde sind endgültig eingestellt.«

Wafzig ist erschüttert. »Oh nein, aber wie das? Mord verjährt doch seit 1979 nicht mehr.«

»Nun, ein Richter am Landgericht Koblenz kam zu der Auffassung, dass die Aufhebung der Verjährung nicht rückwirkend gilt. Moment, ich habe hier das Schreiben. Ein Richter Meinhard schreibt, dass die Aufhebung der Verjährungsfrist in diesem Fall nicht gelte. Die Kollegen, die bislang mit dem Fall betraut waren, hätten nämlich übersehen, dass zur Tatzeit die Verjährungsfrist zwanzig Jahre betrug. Die Verjährung sei lediglich durch die Haftbefehle vom 31. März 1966 unterbrochen worden. Weitere Unterbrechungen seien, so schreibt der Richter, nicht erkennbar, sodass die Verjährung am 31. März 1986 eingetreten sei.«

Wafzig atmet tief durch. Das ist das Ende der Ermittlungen. Die Täter sind davongekommen. Knapp bedankt er sich bei dem Kollegen, geht in die Küche und räumt nachdenklich den Tisch ab. Dann nimmt er seine Windjacke, greift nach Maxis Leine und ruft den Hund. Gemeinsam verlassen sie das Haus. Er muss nachdenken, und dazu braucht er wie immer frische Luft. Nach einem kurzen Fußweg sind sie im Gonsbachtal angekommen. Freudig läuft Maxi zwischen Gärten und Feldern und über die Wiesenwege entlang des schmalen kanalisierten Bachbetts seinem Herrchen voraus. Wafzig hat heute allerdings keinen Blick für die idyllische Landschaft, die nach kurzem Spaziergang den Blick auf die katholische Ortskirche St. Stephan freigibt, auf den Rheinhessendom, wie die größte Landeskirche in Rheinhessen bei den Mainzern genannt wird. Wafzig denkt an seine Ermittlungen in den Burgerhaus-Morden, die er unbedingt hatte aufklären wollen. Es gab andere Mordfälle, die er als ungelöst ablegen musste, aber sie hatten ihn weit weniger berührt als der alte Fall aus der Nachkriegszeit. Bis zu seiner Pensionierung vor einem Jahr hatte er nie aufgegeben, auf eine neue Spur, einen neuen Hinweis auf die Täter zu hoffen.

Regelmäßig ließ er sich die Akte vorlegen, zuerst jährlich, dann alle drei Jahre. Doch seine Verdächtigen blieben verschwunden. Seine Hoffnung, dass ihn das oxydierte Projektil, das bei seinem letzten Besuch im Burgerhaus sichergestellt worden war, zu einem der Täter führen könnte, hatte sich zerschlagen. Das

Projektil konnte von den Schusswaffenspezialisten des Bundeskriminalamts ballistisch nicht untersucht werden. Es war zu stark korrodiert. Auch die Suche über Interpol nach Michail Nemzow in Kanada und Alexander Bukov in den USA führte trotz jahrelanger Bemühungen der Kollegen in Übersee zu keinem Ergebnis. Er hatte sogar die amerikanische Militärpolizei angeschrieben. Er wollte wissen, ob seine Verdächtigen in einer Einheit des sogenannten Labour Service tätig waren. Die Hilfsgruppen des Labour Service hatte das US-Militär bereits während des Krieges aufgestellt. Nach dem Krieg bestanden ihre Mitglieder vor allem aus Displaced Persons. Sie sollten erbeutete deutsche Waffen und technische Einrichtungen sichern. Manche dieser Einheiten blieben bis in die Sechzigerjahre bestehen, die meisten Mitglieder waren aber bereits zuvor in die USA, nach Kanada oder in ein anderes Land ausgewandert. Aber auch diese Nachfrage Wafzigs blieb ohne Erfolg.

Als der Bundestag 1969 eine Verlängerung der Verjährungsfrist auf dreißig Jahre, bis zum 31. Dezember 1979, beschlossen hatte, machte er dann doch den Versuch, aus dem französischen Militärarchiv in Colmar weitere Unterlagen und mögliche Beweismittel zu bekommen. Er bat sogar darum, die damals ermittelnden französischen Beamten befragen zu dürfen. Er hatte jedoch nicht einmal eine Antwort bekommen. Die Franzosen wollten offenbar noch immer nicht mit den deutschen Behörden zusammenarbeiten – trotz des damals bereits seit sechs Jahren bestehenden Vertrags über die deutsch-französische Zusammenarbeit.

Am 30. Juni 1972 – dieses Datum wird Wafzig nie vergessen – wurden dann die Haftbefehle von 1966 aufgehoben. In der Begründung hieß es, eine Aufklärung des Falles und eine Verhaftung der Verdächtigen seien unwahrscheinlich. Wafzig musste sich damals eingestehen, dass es wohl tatsächlich so war. Seine Verdächtigen waren entweder in Kanada, in den USA oder hinter dem Eisernen Vorhang verschwunden. Dennoch hatte er die Akte bis zum Einsetzen der Verjährung zum 31. Dezember nicht schließen lassen. Als der Bundestag dann im selben Jahr entschied, die Verjährung für Mord abzuschaffen, überzeugte er die Staatsanwaltschaft am Landgericht Koblenz, die Akte zu dem grausamen, bis dahin schlimmsten Verbrechen der Nachkriegszeit in Rheinland-Pfalz weiter offen zu halten. Bis zu seiner Pensionierung studierte er immer wieder die Akten und seine Aufzeichnungen und suchte darin, allerdings vergeblich, nach Anhaltspunkten, die er vielleicht übersehen hatte.

Wafzig ruft Maxi. Als der Dackel, hechelnd von der Suche nach Feldmäusen und Hamstern, angerannt kommt, geht es langsam durch Kleingartenanlagen und Gemüsegärten zurück. Wafzig ist noch immer in Gedanken versunken. Er fragt sich, warum ihn dieser Fall seine ganze Zeit beim LKA Rheinland-Pfalz nicht losgelassen hat. Es muss der tiefe, verzweifelte Schmerz gewesen sein, den er in den Augen von Katharina Windheuser gesehen hatte, die mit ihrem Stolz und ihrer Stärke ihr Innerstes so gut verbergen zu können glaubte. Er hatte ihr versprochen, die Mörder ihres Bruders, der Mutter, der Tante und all der anderen, die an jenem verhängnisvollen Abend auf dem Hof waren, zu finden. Dies hatte er davor und danach bei keinem Opfer eines Verbrechens getan. Katharina Windheuser war vor einigen Jahren, mit fast achtzig Jahren, gestorben. Aber sein Versprechen will er immer noch halten.

Auf dem Weg nach Hause fasst er einen Entschluss. Er wird zumindest nach einem der Mörder suchen, nach Wladimir Inguschin. Ihn könnte er mit viel Glück ausfindig machen. Mit Michail Gorbatschow, mit Glasnost und Perestroika hatte sich die Sowjetunion verändert, die Staaten des Warschauer Pakts waren souverän, und der Eiserne Vorhang war gefallen. Er kann nach Russland reisen, nach Saratow, in die Heimatstadt Wladimir Inguschins, und dort nach ihm suchen. Er will dem Mörder von Katharinas Familie in die Augen sehen.

3. AUGUST 1983

WLADIMIR

Wladimir stand vor einer der nach Nikita Chruschtschow benannten »Chruschtschowkas«, einem fünfstöckigen Plattenbau in der einstigen Deutschen Straße von Saratow. Hier hatte die Schmiede des Vaters gestanden. Dahinter war der Gemüsegarten der Mutter gewesen, in dem sie auch die rotfleischigen Wassermelonen angebaut hatte. Die schlechten hatte der Vater immer an das Schwein der Familie verfüttert. Dabei fand Wladimir die von Zuckerwasser triefenden, fast vergorenen Früchte besonders köstlich. Wladimir war schließlich doch noch nach Saratow gegangen. Dabei hatte er in all den Jahren, seit seiner Ankunft in der Sowjetunion, als Russe unter Russen gelebt, seine Wurzeln und Vorfahren verleugnet und seinen einst deutschen Name Ingelstein fast schon vergessen.

Er interessierte sich nicht mehr für das Schicksal der Wolgadeutschen, nie hatte er nach Verwandten oder Freunden gesucht, obwohl er wusste, dass viele Russlanddeutsche in Nord-Kasachstan eine neue Heimat gefunden hatten. Nachdem 1955 das rigorose Kommandanturregime Stalins abgeschafft worden war, durften die Deutschen ihre Sonderlager verlassen, sie erhielten

Ausweise und konnten sich in ihren Verbannungsgebieten frei bewegen. Zehn Jahre später hatte der Oberste Sowjet sogar die Pauschalverurteilung der Russlanddeutschen als Nazi-Kollaborateure als Ausdruck der Willkür Stalins zurückgenommen. Seit 1972, nach Aufhebung der ebenfalls von Stalin verordneten »Verbannung der Deutschen auf ewige Zeiten«, hätten sie eigentlich sogar an ihre alten Vorkriegswohnorte zurückkehren können. Dennoch waren die meisten in ihrer neuen Heimat Kasachstan geblieben.

Wladimir wusste, dass die Deutschen dennoch kein gutes Leben hatten. Sie waren in den Augen ihrer russischen Mitbürger Faschisten, sie wurden gemieden, diskriminiert und beschimpft. Er war froh, jetzt Russe zu sein. Denn damit war es ihm in den letzten fünfundzwanzig Jahren, seit seiner Ankunft in Moskau, nicht schlecht ergangen. Er hatte ein neues Leben und die Vergangenheit hinter sich gelassen, selbst seinen Hass auf den einstigen Freund Michail und seine Rachegelüste.

Damals hatte er, begleitet von einem Angestellten der russischen Botschaft in Berlin, nach tagelanger Zugfahrt Moskau erreicht. Vom Kursker Bahnhof ging es in die Innenstadt, jedoch nicht zum Gebäude des KGB an der Lubjanka, wie Wladimir angenommen hatte. Man fuhr ihn zu einem schlichten grauen Betonbau der Miliz in der Moskauer Innenstadt. Auf der Fahrt dorthin konnte Wladimir auf der harten Rückbank des schwarzen Moskowitsch die breiten Straßen und imposanten Gebäude der Hauptstadt der Sowjetunion bewundern. Er bestaunte eines der klassizistischen, palastartigen Hochhäuser, die Stalin in Auftrag gegeben hatte und die mit ihren Verzierungen, Säulen und Turmaufbauten von der Größe der Sowjetunion zeugen sollten. Er sah den Roten Platz mit der Basilius-Kathedrale und die Gebäude des Kreml, die, hinter hohen Mauern und Wehrtürmen verborgen, majestätisch über der Stadt und der Moskva thronten.

In der Behörde erwartete ihn ein Beamter des Innenministeriums, der ihm einen umfangreichen Fragebogen vorlegte und ihn über seine Herkunft, seine Deportation und seine Zeit in Deutschland befragte. Der Beamte gab sich zufrieden mit Wladimirs Version, er sei aus einem Dorf bei Charkow und als Soldat der Roten Armee 1941 in deutsche Kriegsgefangenschaft geraten. Er sei dann nach Deutschland verschleppt worden, wo er bis zu seiner Befreiung Zwangsarbeit leisten musste. Der Beamte erklärte ihm, dass ihm als Repatriierten ein Wohnsitz in Moskau, Leningrad, den Hauptstädten der Sowjetrepubliken sowie in den »geschlossenen« Städten und Regionen wie der Krim verwehrt wäre. Ansonsten wäre es ihm freigestellt, wo er künftig leben wollte. Er würde aber sicher in Nord-Kasachstan sein Auskommen finden, wo die neu geschaffenen Sowchosen, die landwirtschaftlichen Großbetriebe im Staatseigentum, dringend Arbeiter bräuchten.

Nach ein paar Tagen im Wohnheim des Innenministeriums für Repatriierte machte sich Wladimir auf nach Celinograd, nach »Neuland«, wie die Hauptstadt des unter Chruschtschow ausgerufenen Gebiets für Neuansiedlungen in Nord-Kasachstan hieß. Die Stadt war geprägt von Fabriken, in denen landwirtschaftliche Maschinen gebaut wurden, und von riesigen Getreidespeichern und Silos. Bald erfuhr er, dass täglich Lastwagen Arbeiter zu den Sowchosen der Umgebung brachten. Auf gut Glück bestieg er am nächsten Morgen einen der Anderthalbtonner, der zur Sowchose Molotow, rund dreißig Kilometer außerhalb von Celinograd, fuhr. Der Direktor stellte ihn tatsächlich als Lohnarbeiter ein, und Wladimir arbeitete auf den riesigen, fast vierzigtausend Hektar großen Feldern, auf denen Weizen ausgesät und geerntet wurde. Die Arbeit war hart, trotz der Traktoren und der immer moderneren Mähdrescher. Aber Wladimir bekam anständigen Lohn und wohnte für wenig Geld in einem der Arbeiterwohnheime der Sowchose. Der Staatsbetrieb kümmerte sich außerdem um alles. Es gab Werkstätten, Schulen und Ärzte, Lebensmittelläden und ein Kulturzentrum.

Dort lernte Wladimir auch Inessa kennen, eine Russin aus Rjasan in Zentralrussland. Sie heirateten, und die Sowchose unterstützte sie beim Bau eines eigenen Häuschens. Sie bekamen zu vergünstigten Preisen Baumaterial aus den betriebseigenen Ziegeleien und Schreinereien und sogar ausgemusterte Schwellen der Eisenbahntrasse sowie den Schlackebeton aus Koks und Kohlenasche für das Fundament. Sie hatten ein gutes Leben. Inessa war eine gute Hausfrau, sie hielt ihr kleines Häuschen sauber, kochte mit viel Fleisch, Knoblauch und Zwiebeln und stellte Wladimir dazu stets eine Flasche mit Wodka hin. Im letzten Winter war sie jedoch plötzlich an einer bösen Lungenentzündung gestorben. Danach fühlte sich Wladimir einsam und alt. Die Arbeit auf dem Feld war ihm beschwerlich geworden, und wenn er zu viel getrunken hatte, was jetzt häufig vorkam, wurde er wehmütig. Er dachte dann an seine Jugend in Saratow, und die Sehnsucht nach der alten Heimat, der Deutschen Straße mit ihren Werkstätten und Geschäften, nach dem Haus der Eltern und den alten Freunden wurde immer stärker.

Er verkaufte sein kleines Häuschen auf der Sowchose, beantragte seine Rente und verließ Neuland, um in Saratow seine Wurzeln wiederzufinden. Er registrierte sich bei den örtlichen Behörden und fand danach ein winziges Haus am Stadtrand von Saratow. Aber die Stadt hatte sich verändert. Graue Plattenbauten, Werksgebäude und Fabriken prägten das Bild der einst so schönen Metropole an der Wolga. Flugzeuge wurden hier inzwischen gebaut, ihre Produktionsstätten sollten Fremden und selbst den Wolgadeutschen verborgen bleiben. Saratow war jetzt eine »geschlossene« Stadt. Die Werkstätten, der Bauernmarkt, das Kulturhaus und die kleine Kirche, die Wladimir als Junge besucht hatte, all die Häuser der Wolgadeutschen waren verschwunden oder dem Verfall anheim gegeben. Das Bild der Stadt war grau und trist. Wladimir fühlte sich fremd und einsamer denn je, als er vor dem grauen Betonbau stand, an der Stelle, wo einst das Haus seiner Kindheit gewesen war.

27. SEPTEMBER 1993
SARATOW

Wafzig sitzt in dem tristen, düsteren Speisesaal im Untergeschoss seines Hotels gleich in der Nähe des Flughafens, nur einige Kilometer nördlich der Altstadt von Saratow. Das Hotel hat er, ebenso wie den Flug mit der Aeroflot nach Moskau und von dort weiter nach Saratow, bei Inturist in Frankfurt gebucht. Inturist hat ihm auch eine Dolmetscherin besorgt, auf die er nun in dem kargen Saal mit den einfachen Plastiktischen und Stühlen und einem lieblos aufgebauten Frühstücksbuffet wartet. Lustlos beschmiert der pensionierte Kommissar sein matschiges, weißes Brötchen mit Butter und belegt es mit einer fahlgrauen Wurstscheibe vom Buffet. Zu den Rühreiern aus Eipulver oder gar dem Kascha, dem warmen russischen Frühstücksbrei aus Buchweizen, kann er sich nicht durchringen, obwohl ihm Letzteren die Bedienung beim Einschenken des äußerst dünnen Kaffees mit »Mmh« und Reiben ihres voluminösen Bauchs offensichtlich dringend empfehlen wollte. Stattdessen nimmt sich Wafzig noch einen Apfel und denkt sehnsuchtsvoll an das duftende Rührei mit knusprigem Speck, das ihn sonst am Sonntagmorgen auf dem Frühstückstisch erwartet.

Gestern hat er sich nach seiner Ankunft noch ein wenig in der Stadt umgesehen, die erst seit einigen Jahren Fremden wieder offensteht. Zuvor war sie wegen der hier ansässigen Flugzeug- und Hubschrauberindustrie für Fremde verboten gewesen. Im Lexikon hat Wafzig gelesen, dass Saratow eine der ältesten Städte der unteren Wolga ist. Sie war 1590 von einem Moskauer Fürsten gegründet geworden und zeitweise die drittgrößte Stadt Russlands. Auf Einladung von Zarin Katharina II. siedelten sich ab Mitte des 18. Jahrhunderts vor allem deutsche Auswanderer in der Gegend um Saratow an, denen zahlreiche Privilegien, wie freie Religionsausübung und Steuerfreiheit, zugesichert worden waren. In den kommenden Jahrzehnten entstanden nördlich und südlich von Saratow mehr als einhundertvier sogenannte deutsche Kolonien; bis zum Jahr 1941, bis zur Deportation der Wolgadeutschen durch Stalin, lebten in der damals Autonomen Wolgarepublik und im Gebiet Saratow fast dreihundertfünfundsiebzigtausend Deutsche.

Jetzt ist Saratow, so stellt Wafzig fest, eine russische Stadt. Die Wolgadeutschen sind nicht zurückgekehrt, sondern zumeist an den Orten geblieben, an die sie nach der Aufhebung ihrer Verbannung gezogen waren. Seit dem Zusammenbruch der Sowjetunion im Dezember 1991 machen zudem immer mehr Wolgadeutsche Gebrauch von der Möglichkeit, als Spätaussiedler nach Deutschland zu kommen.

Sein Rundgang durch die Stadt hat Wafzig auch in die Altstadt geführt, wo man offensichtlich begonnen hat, einige der historischen Gebäude zu restaurieren. In der Altstadt ist er auf Spuren der deutschen Geschichte

Saratows gestoßen. Er ist die Nemetzkaja, die Deutsche Straße, entlangspaziert, die seit Ende der Achtzigerjahre eine Fußgängerzone mit zahlreichen Geschäften und Restaurants ist, hat die Architektur einstiger deutscher Stadtvillen und des Hotels Astoria sowie den originellen, neugotischen Bau der Musikhochschule mit seiner malerischen Fassade bewundert. Schließlich ist er am Raditschew-Museum angekommen, einem der größten Museen für russische Kunst, auf dessen Besuch er aber angesichts der fortgeschrittenen Tageszeit verzichtet hat.

Auf dem Weg zurück zum Hotel musste er dann feststellen, welche Folgen die teilweise übereilten Reformen Gorbatschows und vor allem die rigorose Privatisierungspolitik Jelzins dem Großteil der russischen Bevölkerung beschert haben, nämlich Wohlstand und Reichtum für wenige, bittere Armut für die meisten. Er sah Menschen in ärmlicher Kleidung, die Ikonen und sogar ihre goldenen Eheringe zum Verkauf anboten. Alte Frauen priesen am Straßenrand Kräuter oder ein paar Kartoffeln und Tomaten an, und Männer baten ihn betrunken und mit stumpfem Blick um ein paar Rubel.

Er denkt noch an seine Eindrücke vom Vortag, als jetzt eine wohl vierzigjährige Frau im grauen Kostüm mit sorgfältig aufgesteckten Haaren und tiefrot geschminkten Lippen auf ihn zukommt. Es ist Swetlana, seine Dolmetscherin. Sie begrüßt ihn in fast akzentfreiem Deutsch, das sie, wie sie erklärt, in Leipzig gelernt hat. Als Wafzig ihr Kaffee anbieten will, drängt sie jedoch zum Aufbruch. Sie habe Wladimir über eine Nachbarin wissen lassen, dass man gegen zehn Uhr morgens bei ihm sei.

Auf der Fahrt zu Wladimirs Adresse am Stadtrand von Saratow wird Wafzig bewusst, dass er nun gleich tatsächlich einem der Mörder von Katharina Windheusers Familie gegenüberstehen wird. Er hatte noch einmal, diesmal ganz privat, Ermittlungen zur Feststellung des Aufenthaltsorts von Inguschin aufgenommen und hatte schließlich den Internationalen Suchdienst des Roten Kreuzes in Hamburg eingeschaltet. Die Organisation hatte dann, als Wafzig schon nicht mehr daran glaubte, nach über zwei Jahren über ihre Partner in der Russischen Föderation den Aufenthaltsort von Wladimir ausfindig gemacht. Wieder und wieder hatte der ehemalige Kommissar sich danach seinen Besuch bei Wladimir vorgestellt. Was würde ihn erwarten? Würde er endlich erfahren, warum die neun Menschen am Abend des 1. April 1946 sterben mussten, was das Motiv für die schreckliche Tat war und – vor allem – ob Wladimir Reue empfindet für das, was er und seine Komplizen der Familie Windheuser angetan haben?

Das altersschwache schwarze Taxi hält vor einem kleinen Haus in einer Datschen-Siedlung. Der graue Putz bröckelt von den Wänden, die winzigen Fenster sind blind vor Schmutz, und die verbliebenen Läden hängen schief in den Angeln.

Wafzig und die Dolmetscherin gehen durch einen verwahrlosten Vorgarten, wo Flaschen und Dosen offenbar achtlos weggeworfen herumliegen, zur Haustür. Als Swetlana an der schon an einigen Stellen verrottenden Tür klopft, öffnet eine alte Frau in einer grauen Kittelschürze und mit wirrem Haar, offensichtlich die Nachbarin. Ohne ein Wort der Begrüßung lässt sie die Besucher ein.

Wafzig muss sich erst an die Dunkelheit des Raumes gewöhnen. Aber dann sieht er, dass er sich in dem einzigen, bewohnten Raum des Hauses befindet. Vor dem ungemachten Bett in einer Ecke des Raumes steht ein Tischchen, darauf ein übervoller Aschenbecher und mehrere leere Flaschen Wodka. Neben einem arg in die Jahre gekommenen Kühlschrank entdeckt er eine weitere Batterie leerer Flaschen. In der Spüle daneben stapelt sich schmutziges Geschirr, ebenso auf dem zweiflammigen Gasherd, auf dem sich Wladimir die Dosen warm macht, die er wohl anschließend in den Vorgarten wirft. In der Mitte des Raumes gibt es noch einen einfachen Küchentisch mit vier Stühlen, die ebenso wie der Tisch einen neuen Anstrich vertragen könnten. Es riecht nach Rauch, ungewaschener Wäsche und abgestandenem Essen. Der ganze Raum strahlt Verwahrlosung aus, wohl auch Einsamkeit.

In diesem Moment öffnet sich neben dem Bett eine Tür, die offenbar ins Bad führt, und ein alter, grauhaariger Mann mit aschfahlem Gesicht und eingefallenen Wangen betritt den Raum. Nur mit grauen Trainingshosen und einem schmutzigen Unterhemd bekleidet, lässt er sich schwer auf einen der Stühle fallen.

Das muss Wladimir sein, sagt sich Wafzig. Er betrachtet den Mann, der vor fast fünfzig Jahren zusammen mit seinen Komplizen das Leben von neun unschuldigen Menschen ausgelöscht hat. Wie lange hat er gegen den Mörder, den er unbedingt fassen wollte, ermittelt! Selbst als er längst mit anderen Fällen befasst war, hat er die Suche nach Wladimir nicht aufgegeben. Nun steht er vor ihm, doch der Mann, dessen Foto er Katharina und Hanni Windheuser vorgelegt hatte, ist kaum noch zu erkennen. Das einst wellige, braune Haar ist schütter und schmutzig-grau, die sanften, braunen Augen stumpf und die ehemals vollen Lippen, die Katharina Windheuser fast schwärmerisch beschrieben hatte, rissig und blutleer.

Wafzig bemerkt, dass er den Alten immer noch anstarrt, als die Dolmetscherin ihn anstößt und in Wladimirs Richtung so etwas sagt wie: »Guten Tag, Herr Inguschin.« Auch Wafzig nickt jetzt grüßend mit dem Kopf. Doch Wladimir wendet sich erst einmal an die Nachbarin und schickt sie mit harschen russischen Worten aus dem Haus. Dann wendet er sich seinen Besuchern zu, starrt sie aus alkoholtrüben Augen an und murmelt etwas auf Russisch.

»Was wollt ihr von mir?«, übersetzt die Dolmetscherin Wladimirs wenig freundliche Erwiderung auf die Begrüßung. Mit zittrigen Händen greift er nach einer Zigarette und zündet sie an. »Ich habe euch nicht eingeladen. Wer seid ihr überhaupt?«

»Ich bin ein ehemaliger Kommissar aus Deutschland«, lässt Wafzig Swetlana übersetzen. »Ich habe in einem Fall ermittelt, der Ihnen bekannt sein muss. Es geht um einen neunfachen Mord, den Sie und sechs Mittäter vor vielen Jahren begangen haben. Es war am 1. April 1946 auf einem Bauernhof außerhalb von Andernach. Erinnern Sie sich?«

Wladimir stiert erst Swetlana und dann Wafzig stumpf an. Der Kommissar und Swetlana stehen noch immer in der Mitte des Raumes, Wladimir macht keine Anstalten, ihnen einen Stuhl anzubieten. Stattdessen füllt er das Wasserglas vor sich mit Wodka und leert es in einem Zug. »Habt ihr Michail Nemzow gefasst?«, stößt er schließlich abrupt mit heiserer Stimme und auf Deutsch hervor.

Wie groß muss sein Hass auf den ehemaligen Freund sein, dass er nach so vielen Jahren immer noch Vergeltung für den damaligen Verrat üben will, sagt sich Wafzig. Aber ganz offensichtlich erinnert sich Wladimir an das Verbrechen.

Aufmerksam betrachtet Wafzig den Alten. »Nein, wir haben ihn nicht gefasst«, lässt er ihn wissen. »Ihr Komplize hat sich nach Kanada abgesetzt. Wir konnten ihn nicht finden. Sie sind der Einzige der Täter von damals, den ich nach so langer Zeit schließlich doch noch ausfindig machen konnte. Wenn Sie so wollen, haben wir diesen Umstand dem Ende des Eisernen Vorhangs zu verdanken.«

Wladimir stößt etwas auf Russisch hervor, das die Dolmetscherin mit einem ängstlichen Blick auf Wafzig vorsichtshalber nicht übersetzt. Die alkoholtrüben Augen Wladimirs sind unverwandt auf Wafzig gerichtet. Doch dann wendet sich der Alte ab und sinkt in sich zusammen. Mit zitternder Hand schenkt er sich einen weiteren Wodka ein und leert das Glas erneut mit einem Zug.

Aber Wafzig ist nicht gewillt, Wladimir so einfach davonkommen zu lassen. »Erinnern Sie sich an den Überfall, bei dem neun Menschen grausam sterben mussten?«

»Sie werden es schon verdient haben«, antwortet der Alte. In seinen Augen ist ein böses Funkeln, als er sich wieder Wafzig zuwendet. »Das waren Deutsche – alles Nazis, elende Folterer und Mörder.«

Stockend übersetzt die Dolmetscherin.

Wafzig ist schockiert. Das soll alles gewesen sein? Mehr kommt da nicht? Neun ausgelöschte Leben, und das nur, weil die Menschen Deutsche gewesen waren? Er mag es nicht glauben!

»Unter den Toten waren Frauen, ein alter Mann und sogar ein dreizehnjähriger Junge. Die haben Sie einfach erschossen! Warum nur? Hatten Sie denn gar kein Mitleid mit diesen unschuldigen Menschen?«

Wladimir verzieht seinen fast zahnlosen Mund zu einem bösen Grinsen und schüttelt den Kopf. »Ich kann mich nicht erinnern. Was wollt ihr von mir? Lasst mich in Ruhe und geht endlich.« Er steht auf und will den Raum verlassen.

Doch Wafzig will, kann ihn nicht so einfach davonkommen lassen. Nach all den Jahrzehnten muss er eine Antwort haben! »Halt! Warten Sie einen Moment! Sie haben neun Menschen kaltblütig niedergemetzelt. Das waren bescheidene, brave Leute, die sicher keine Nazis waren.«

Wladimir murmelt etwas, aber er bleibt immerhin stehen und sieht den Kommissar an.

Der fährt fort: »Es gab damals auch Überlebende, darunter die Schwester des Bauern. Ich hatte ihr vor langer Zeit versprochen, die Mörder ihres Bruder zu fassen. Das ist mir nicht gelungen. Aber Sie alle haben schwere Schuld auf sich geladen. Ich frage mich, wie man damit leben kann. Haben Sie wenigstens irgendwann Reue empfunden für Ihre Tat?«

»Njet, nein«, entgegnet Wladimir schroff und verlässt nun doch grußlos den Raum.

Wafzig schaut fassungslos auf die verschlossene Tür. Das soll es jetzt gewesen sein? So viel Tod, so viel Leid, so viele zerstörte Leben auch bei jenen, die das Verbrechen überlebt haben. Und ja, auch ihn, auch sein Leben betrifft es. Die ganze Zeit, die ganzen Mühen, die er jahrelang in seine Ermittlungen gesteckt hat – alles vergebens! Er hat seine Antworten nicht bekommen. Noch nicht einmal das ist ihm vergönnt!

Und auch das letzte bisschen Trost ist ihm nicht zuteilgeworden. Er hatte auf Reue oder zumindest Einsicht gehofft. Aber weder das eine noch das andere hat er in den Augen des Alten gesehen, stattdessen Verbitterung und lodernden Hass.

Wafzig schaut sich in dem schäbigen Raum um. Was für ein verpfuschtes Leben! Ein Leben, das hoffnungsvoll begonnen haben mag, ist durch die Nazis zerstört worden – ja, nicht nur das Leben derjenigen, die das Pech hatten, Wladimir am falschen Ort und zur falschen Zeit zu begegnen, und ihrer Angehörigen, sondern auch Wladimirs Leben wurde zerstört. Die Gräuel der Nazis haben Menschen wie ihn zu Mördern gemacht, verroht und erbarmungslos in ihrem Hass auf die Deutschen – und Wladimir ist es offenbar auch heute noch.

In dieser kleinen Hütte am Stadtrand von Saratow ist Wafzig einem gebrochenen Mann begegnet, der sein Dasein in trostlosem Alleinsein fristet und die Erinnerungen an sein verpfuschtes Leben in Wodka ertränkt. Der Kommissar wundert sich über sich selbst – verspürt er da gerade vielleicht sogar so etwas wie Mitleid mit dem einsamen Alten?

In diesem Moment zupft die Dolmetscherin ihn schüchtern am Ärmel und reißt ihn damit aus seinen Gedanken. »Lassen Sie uns gehen, ich kann diesen Geruch nach Schimmel und Alkohol nicht mehr ertragen.«

Zögernd, beinahe mechanisch verlässt Wafzig die schäbige Behausung und folgt Swetlana zum Taxi.

Während der Fahrt zurück in die Stadt blickt er auf die weiten, abgeernteten Kornfelder. Seine Arbeit ist erledigt. Er hat den Mörder gefunden, er hat ihm in die Augen gesehen. Wenigstens das, so hatte er gedacht, ist er Katharina Windheuser und ihrem Bruder Hanni schuldig. Warum reicht ihm das jetzt nicht? Wenn er ehrlich ist, ist es ihm nie nur um die Geschwister Windheuser gegangen, sondern auch um sich selbst. Tief in ihm ist da noch immer der Wunsch, das Verbrechen zu sühnen. Schmerzhaft wird ihm bewusst, dass dies nun nicht mehr möglich ist.

»Herr Wafzig«, hört er die Dolmetscherin plötzlich neben sich sagen, »ich brauche dringend einen Kaffee, und ich glaube, der täte Ihnen auch gut.«

Er schaut sie gedankenverloren an. Dann huscht ein winziges Lächeln über sein Gesicht: »Sie haben recht. Das ist eine gute Idee.«

NACHWORT

Als ich vor drei Jahren in den Papieren meines verstorbenen Vaters eine Todesanzeige vom 1. April 1946 aus Andernach fand, wurde ich neugierig. Ich fragte mich, warum mein Vater, dessen Familie väterlicherseits aus Andernach stammte, die Anzeige fünfundsiebzig Jahre in den Familienunterlagen aufbewahrt hatte. Waren die Opfer eines »furchtbaren Verbrechens« vielleicht mit mir verwandt? Ich war neugierig geworden und begann zu recherchieren. Eine Verwandtschaft mit den Opfern stellte sich bald als unwahrscheinlich heraus, aber ich fand immer mehr Material zu der Tat und ihren Umständen. Schließlich bekam ich Einsicht in die mehrere Hundert Seiten der Originalakten zu den »Burgerhaus-Morden«, die von 1946 bis zur Einstellung der Ermittlungen 1990 offen gehalten worden waren.

Die meisten der handelnden Personen des Romans gab es tatsächlich, so in erster Linie Täter, Zeugen und Ermittler. Lediglich wenn schutzwürdige Belange Betroffener zu berücksichtigen waren, habe ich die Namen geändert. Die Aufzeichnungen von Ermittlern, Staatsanwälten oder Richtern habe ich aus den Akten im Wortlaut wiedergegeben oder in die Vernehmungen und Gespräche Wafzigs mit Zeugen und Ermittlern eingebaut.

An das 1842 errichtete »Burger-Haus« erinnern heute nur noch Erinnerungsstelen. Das Gehöft wurde 2014 abgerissen, um einem Bimssteinbruch Platz zu machen.

DANK

Mein Dank gilt all jenen, die mir mit fachlichem Rat, Anregungen und Kritik zur Seite standen. Ich danke vor allem Ruth Braun, die mich mit ihren Recherchen und Interviews zu ihrer Diplomarbeit über das Lager Lintorf unterstützte, Dr. Viktor Krieger, der mir Einblicke in die Geschichte der Wolgadeutschen aus Saratow gab, sowie Dimitri Chapij, der für mich wiederholt in russischen Quellen recherchierte. Mein besonderer Dank gilt jedoch vor allem Frank Neupert, der mit mir all sein Wissen über die Burgerhaus-Morde und ihre Hintergründe teilte und mir den Zugang zu den Akten ermöglichte.

Ein herzliches Dankeschön auch an meine Freundinnen Antje Passenheim und Gisela Steinhauer für ihre Anregungen und guten Ratschläge und an Dr. Annemarie Stratmann, die mir den Anstoß zum Schreiben des Romans gab.

Ein großes Dankeschön auch an Nicola Härms für ihr wertvolles und einfühlsames Lektorat und an meinen Verleger Ralf Kramp, der sich auf Anhieb für das Thema begeisterte und an den Roman und an mich glaubte.